落叶·秋

徐志摩 著

北方联合出版传媒(集团)股份有限公司

万卷出版公司

© 徐志摩 2015

图书在版编目（ＣＩＰ）数据

落叶·秋 / 徐志摩著．—— 沈阳：万卷出版公司，
2015.6（2023.5 重印）
（轻阅读）
ISBN 978-7-5470-3622-8

Ⅰ.①落… Ⅱ.①徐… Ⅲ.①散文集 – 中国 – 现代
Ⅳ.① I266

中国版本图书馆 CIP 数据核字 (2015) 第 068799 号

出 品 人：王维良
出版发行：北方联合出版传媒（集团）股份有限公司
　　　　　万卷出版公司
　　　　　（地址：沈阳市和平区十一纬路 29 号　邮编：110003）
印 刷 者：三河市双升印务有限公司
经 销 者：全国新华书店
幅面尺寸：150mm×215mm
字　　数：80 千字
印　　张：7.5
出版时间：2015 年 6 月第 1 版
印刷时间：2023 年 5 月第 2 次印刷
责任编辑：胡　利
责任校对：张　莹
封面设计：王晓芳
内文制作：王晓芳
ISBN 978-7-5470-3622-8
定　　价：49.00 元
联系电话：024-23284090
传　　真：024-23284448

序 言

　　年少读书，老师总以"生而有涯，学而无涯"相勉励，意思是知识无限而人生有限，我们少年郎更得珍惜时光好好学习。后来读书多了，才知庄子的箴言还有后半句："以有涯随无涯，殆已！"顿感一代宗师的见识毕竟非一般学究夫子可比。

　　一代美学家、教育家朱光潜老先生也曾说："书是读不尽的，就读尽也是无用。"理由是"多读一本没有价值的书，便丧失可读一本有价值的书的时间和精力"，可见"英雄所见略同"。

　　当代人的生活节奏越来越快，很多人感慨抽出时间来读书俨然成为一种奢侈。既然我们能够用来读书的时间越来越宝贵，而且实际上也并非每本书都值得一读，那么如何从浩瀚的书海中挑出真正适合自己的好书，就成为一项重要且必不可少的工作。于是，我们编纂了这套"轻阅读"书系，希望以一愚之得为广大书友们做一些粗浅的筛选工作。

　　本辑"轻阅读"主要甄选的是民国诸位大师、文豪的著作，兼选了部分同一时期"西学东渐"引入国内的外国名著。我们之所以选择这个时期的作品作为我们这套书系的第一辑，原因几乎是不言而喻的——这个时期是中国学术史上一个大时代，只有春秋战国等少数几个时代可以与之媲美，而且这个时代创造或引进的思想、文化、学术、文学至今对当代人还有着深远的影响。

当然，己所欲者，强施于人也是不好的，我们无意去做一个惹人生厌的、给人"填鸭"的酸腐夫子。虽然我们相信，这里面的每一本书都能撼动您的心灵，启发您的思想，但我们更信任读者您的自主判断，这么一大套书系大可不必读尽。若是功力不够，勉强读尽只怕也难以调和、消化。崇敬慷慨激昂的闻一多的读者未必也欣赏郁达夫的颓废浪漫；听完《猛回头》《警世钟》等铿锵澎湃的革命号角，再来朗读《翡冷翠的一夜》等"吴侬软语"也不是一个味儿。

读书是一件惬意的事，强制约束大不如随心所欲。偷得浮生半日闲，泡一杯清茶，拉一把藤椅，在家中阳光最充足的所在静静地读一本好书，聆听过往大师们穿越时空的凌云舒语，岂不快哉？

周志云

目 录

落 叶

序…………………………………………………… 3

落叶………………………………………………… 6

青年运动…………………………………………… 25

话…………………………………………………… 32

政治生活与王家三阿嫂…………………………… 45

守旧与"玩"旧…………………………………… 60

列宁忌日——谈革命……………………………… 69

论自杀……………………………………………… 77

海滩上种花………………………………………… 88

秋

秋…………………………………………………… 99

落 叶

序

这是我的散文集,一半是讲演稿:《落叶》是在师大,《话》在燕大,《海滩上种花》在附属中学讲的。《青年运动》与《政治生活与王家三阿嫂》是为始终不曾出世的"理想"写的;此外三篇——《论自杀》,《列宁忌日——谈革命》,《守旧与"玩"旧》——都是先后在晨报副刊上登过的。原来我想加入的还有四篇东西:一是《吃茶》,平民中学的讲演,但原稿本来不完全,近来几次搬动以后,连那残的也找不到了;一是《论新文体》,原稿只剩了几页,重写都不行;还有两篇是英文,一是曾登《创造月刊》的《艺术与人生》,一是一次"文友会"的讲演——"personal Impressions of H. G. wells, Edward Carpenter, and Katherine Mansfield"——但如今看来都有些面目可憎,所以决意给割了去。

我的懒是没法想的,要不为有人逼着我,我是决不会自己发心来印什么书。促成这本小书,是孙伏园与北新主人李小峰兄,我不能不在此谢谢他们的好意与助力。

落叶·秋

· 3 ·

这书的书名，有犯抄袭的嫌疑，该得声明一句。《落叶》是前年九月间写的，去年三月欧行前伏园兄问我来印书，我就决定用那个名子，不想新近郭沫若君印了一部小说也叫《落叶》，我本想改，但转念同名的书，正如同名的人，也是常有的事，没有多大关系，并且北新的广告早一年前已经出去，所以也就随它。好在此书与郭书性质完全异样，向来沫若兄气量大，不至拿冒牌顶替的罪名来加给我吧。末了，我谢谢我的朋友一多，因为他在百忙中替我制了这书面的图案。

　　上面是作者在这篇序里该得声明的话；我还想顺便添上几句不必要的。我印这本书，多少不免踌躇。这样几篇杂凑的东西，值得印成书吗？我是个为学一无所成的人，偶尔弄弄笔头也只是随兴，那够得上说思想？就这书的内容说，除了第一篇《落叶》反映前年秋天一个异常的心境多少有点分量或许还值得留，此外那几篇都不能算是满意的文章，不是质地太杂，就是笔法太乱或是太松，尤其是《话》与《青年运动》两篇，那简直是太"年轻"了，思想是不经爬梳的，字句是不经洗炼的，就比是小孩拿木片瓦块放在一堆，却要人相信那是一座皇宫——且不说高明的读者，就我这回自己校看的时候，也不免替那位大胆厚颜的"作者"捏一大把冷汗！

　　我有一次问顾颉刚先生他一天读多少书。他说除了吃饭与睡觉！我们可以想像我们《古史辨》的作者就每天手拿着饭每晚头放在枕上的时候还是念念不忘他的"禹"与他的"孟姜女"！这才是做学问；像他那样出书才可以无愧。像我这样人那里说得上？我虽则未尝不想学好，但天生这不受羁绊的性情，一方在人事上未能绝俗，一方在学业上又不曾受过站得住的训练，结果只能这"狄来当"式的东拉西凑；近来益发感觉到活力的单薄与意识的虚浮，比如阶砌间的一凹止水，暗涩涩的时刻有枯竭的恐怖，那还敢存什么"源远流长"的妄想？

六月二十八日北京

落叶

前天你们查先生来电话要我讲演，我说但是我没有什么话讲，并且我又是最不耐烦讲演的。他说：你来吧，随你讲，随你自由的讲，你爱说什么就说什么。我们这里你知道这次开学情形很困难，我们学生的生活很枯燥很闷，我们要你来给我们一点活命的水。这话打动了我。枯燥、闷，这我懂得。虽则我与你们诸君是不相熟的，但这一件事实，你们感觉生活枯闷的事实，却立即在我与诸君无形的关系间，发生了一种真的深切的同情。我知道烦闷是怎么样一个不成形不讲情理的怪物，他来的时候，我们的全身仿佛被一个大蜘蛛网盖住了，好容易挣出了这条手臂，那条又叫粘住了。那是一个可怕的网子。我也认识生活枯燥，他那可厌的面目，我想你们也都很认识他。他是无所不在的，他附在各个人的身上，他现在各个人的脸上。你望望你的朋友去，他们的脸上有他，你自己照镜子去，你的脸上，我想，也有他，可怕的枯燥，好比是一种毒剂，他一进了我们的血液，我们的性情，我们的皮肤就变了颜色，而且我怕是离着生命运，离着坟墓近的颜色。

我是一个信仰感情的人，也许我自己天生就是一个感情性的人。比如前几天西风到了，那天早上我醒的时候是冻着才醒过来的，我看着纸窗上的颜色比往常的淡了，我被窝里的肢体像是浸在冷水里似的，我也听见窗外的风声，吹着一棵枣树上的枯叶，一阵一阵的掉下来，在地上卷着，沙沙的发响，有的飞出了外院去，有的留在墙角边转着，那声响真像是叹气。我因此就想起这西风，冷醒了我的梦，吹散了树上的叶子，他那成绩在一般饥荒贫苦的社会里一定格外的可惨。那天我出门的时候，果然见街上的情景比往常不同了；穷苦的老头、小孩全躲在街角上发抖；他们迟早免不了树上枯叶子的命运。那一天我就觉得特别的闷，差不多发愁了。

因此我听着查先生说你们生活怎样的烦闷，怎样的干枯，我就很懂得，我就愿意来对你们说一番话。我的思想——如其我有思想——永远不是成系统的。我没有那样的天才。我的心灵的活动是冲动性的，简直可以说痉挛性的。思想不来的时候，我不能要他来，他来的时候，就比如穿上一件湿衣，难受极了，只能想法子把他脱下。我有一个比喻，我方才说起秋风里的枯叶；我可以把我的思想比作树上的叶子，时期没有到，他们是不很会掉下来的；但是到时期了，再要有风的力量，他们就只能一片一片的往下落；大多数也许是已经没有生命了的，枯了的，焦了的，但其中也许有几张还留着一点秋天的颜色，比如枫叶就是红的，海棠叶就是五彩的。这叶子实用是绝对没有的；但有人，比如我自己，就有爱落

落叶·秋

叶的癖好。他们初下来时颜色有很鲜艳的，但时候久了，颜色也变，除非你保存得好。所以我的话，那就是我的思想，也是落叶一样的无用，至多有时有几痕生命的颜色就是了。你们不爱的尽可以随意的踩过，绝对不必理会；但也许有少数人有缘分的，不责备他们的无用，竟许会把他们捡起来揣在怀里，间在书里，想延留他们幽淡的颜色。感情，真的感情，是难得的，是名贵的，是应当共有的；我们不应得拒绝感情，或是压迫感情，那是犯罪的行为，与压住泉眼不让上冲，或是掐住小孩不让喘气一样的犯罪。人在社会里本来是不相连续的个体。感情，先天的与后天的，是一种线索，一种经纬，把原来分散的个体织成有文章的整体。但有时线索也有破烂与涣散的时候。所以一个社会里必须有新的线索继续的产出，有破烂的地方去补，有涣散的地方去拉紧，才可以维持这组织大体的匀整，有时生产力特别加增时，我们就有机会或是推广，或是加添我们现有的面积，或是加密，像网球板穿双线似的，我们现成的组织，因为我们知道创造的势力与破坏的势力，建设与溃败的势力，上帝与撒但的势力，是同时存在的。这两种势力是在一架天平上比着；他们很少平衡的时候，不是这头沉，就是那头沉，是的，人类的命运是在一架天平上比着，一个巨大的黑影，那是我们集合的化身，在那里看着，他的手里满拿着分两的砝码，一会往这头送，一会又往那头送，地球尽转着，太阳、月亮、星，轮流的照着，我们的运命永远是在天平上称着。

我方才说网球拍，不错，球拍是一个好比喻。你们打球的知道网拍上哪里几根线是最吃重最要紧，哪几根线要是特别有劲的时候，不仅你对敌时拉球、抽球、拍球格外来的有力，出色，并且你的拍子也就格外的经用，少数特强的分子保持了全体的匀整。这一条原则应用到人道上，就是说，假如我们有力量加密，加强我们最普通的同情线，那线如其穿连得到所有跳动的人心时，那时我们的大网子就坚实耐用，天津人说的，就有根。不问天时怎样的坏，管他雨也罢，云也罢，霜也罢，风也罢，管他水流怎样的急，我们假如有这样一个强有力的大网子，哪怕不能在时间无尽的洪流里——早晚网起无价的珍品，哪怕不能在我们运命的天平上重重的加下创造的生命的分量？

所以我说真的感情，真的人情，是难能可贵的，那是社会组织的基本成分。初起也许只是一个人心灵里偶然的震动，但这震动，不论怎样的微弱，就产生了及远的波纹；这波纹要是唤得起同情的反应时，原来细的便拼成了粗的，原来弱的便合成了强的原来脆性的便结成了韧性的，像一缕缕的苎麻打成了粗绳似的；原来只是微波，现在掀成了大浪，原来只是山罅里的一股细水，现在流成了滚滚的大河，向着无边的海洋里流着。比如耶稣在山头上的训道（Sermon on the mount）还不是有限的几句话，但这一篇短短的演说，却制定了人类想望的止境，建设了绝对的价值的标准，创造了一个纯粹的完全的宗教。那是一件大事实，人类历史上一件最伟大的事实。再比如释迦牟尼感悟了生老、病死的究竟，发大慈悲心，发大勇猛心，发大无畏心，抛弃了他人间的地位，富与贵，家庭与妻子，直到深山里去修道，结果他也替苦闷的人间打开了一条解放的大道，为东方民族的天才下一个最

落叶·秋

光华的定义。那又是人类历史上的一件奇迹。但这样大事的起源还不止是一个人的心灵里偶然的震动，可不仅仅是一滴最透明的真挚的感情滴落在黑沉沉的宇宙间？

感情是力量，不是知识。人的心是力量的府库，不是他的逻辑。有真感情的表现，不论是诗是文是音乐是雕刻或是画，好比是一块石子掷在平面的湖心里，你站着就看得见他引起的变化。没有生命的理论，不论他论的是什么理，只是拿石块扔在沙漠里，无非在干枯的地面上添一颗干枯的分子，也许掷下去时便听得出一些干枯的声响，但此外只是一大片死一般的沉寂了。所以感情才是成江成河的水泉，感情才是织成大网的线索。

但是我们自己的网子又是怎么样呢？现在时候到了，我们应当张大了我们的眼睛，认明白我们周围事实的真相。我们已经含糊了好久，现在再不容含糊的了。让我们来大声的宣告我们的网子是坏了的，破了的，烂了的；让我们痛快的宣布我们民族的破产，道德、政治、社会、宗教、文艺，一切都是破产了的。我们的心窝变成了蠹虫的家，我们的灵魂里住着一个可怕的大谎！那天平上沉着的一头是破坏的重量，不是创造的重量；是溃败的势力，不是建设的势力；是撒但的魔力，不是上帝的神灵。霎时间这边路上长满了荆棘，那边道上涌起了洪水，我们头顶有骇人的声音，是雷霆还是炮火呢？我们周围有一哭声与笑声，哭是我们的灵魂受污辱的悲声，笑是活着的人们疯魔了的狞笑，那比鬼哭更听的可怕，更凄惨。我们张开眼来看时，差不多更没有一块干净的土地，哪一处不是叫鲜血与眼泪冲毁了的；更没有平安的所在，因为你即使忘却了外面的世界，你还是躲不了你自身的烦闷与苦痛。不要以为这样混沌的现象是原因于经济的不平等，或是政治的不安定，或是少数人的放肆的野心。这种种都是空虚的，欺人自欺的理论，说着容易，听着中听，因为我们只盼望脱卸我们自身的责任，只要不是我的分，我就有权利骂人。但这是，我着重的说，懦怯的行为；这正是我说的我们各个人灵魂里躲着的大谎！你说少数的政客，少数的军人，或是少数的富翁，是现在变乱的原因吗？我现在对你说：先生，你错了，你很大的错了，你太恭维了那少数人，你太瞧不起你自己。让我们一致的来承认，在太阳普遍的光亮底下承认，我们各个人的罪恶，各个人的不洁净，各个人的苟且与懦怯与卑鄙！我们是与最肮脏的一样的肮脏，与最丑陋的一般的丑陋，我们自身就是我们运命的原因。除非我们能起拔了我们灵魂里的大谎，我们就没有救度；我们要把祈祷的火焰把那鬼烧净了去，我们要把忏悔的眼泪把那鬼冲洗了去，我们要有勇敢来承当罪恶；有了勇敢来承当罪恶，方有胆量来决斗罪恶。再没有第二条路走。如其你们可以容恕我的厚颜，我想念我自己近作的一首诗给你们听，因为那首诗，正是我今天讲的话的更集中的表现：

一、毒药

今天不是我歌唱的日子，我口边涎着狞恶的微笑，
不是我说笑的日子，我胸怀间插着发冷光的利刃；
相信我，我的思想是恶毒的因为这世界是恶毒的。

落叶·秋

我的灵魂是黑暗的因为太阳已经灭绝了光彩，我的声调是像坟堆里的夜鹗因为人间已经杀尽了一切的和谐，我的口音像是冤鬼责问他的仇人因为一切的恩已经让路给一切的怨；

但是相信我。真理是在我的话里虽则我的话像是毒药，真理是永远不含糊的虽则我的话里仿佛有两头蛇的舌，蝎子的尾尖，蜈蚣的触须；只因为我的心里充满着比毒药更强烈，比咒诅更狠毒，比火焰更猖狂，比死更深奥的不忍心与怜悯心与爱心，所以我说的话是毒性的，咒诅的。燎灼的，虚无的；

相信我，我们一切的准绳已经埋没在珊瑚土打紧的墓宫里，最劲冽的祭肴的香味也穿不透这严封的地层：一切的准则是死了的；

我们一切的信心像是顶烂在树枝上的风筝，我们手里擎着这进断了的鹞线：一切的信心是烂了的；

相信我，猜疑的巨大的黑影，像一块乌云似的，已经笼盖着人间一切的关系：人子不再悲哭他新死的亲娘，兄弟不再来携着他姊妹的手。朋友变成了寇仇，看家的狗回头来咬他主人的腿：是的，猜疑淹没厂一切；在路旁坐着啼哭的，在街心里站着的，在你窗前探望的，都是被奸污的处女：池潭里只见些烂破的鲜艳的荷花；

在人道恶浊的涧水里流着，浮荇似的，五具残缺的尸体，他们是仁义礼智信，向着时间无尽的海澜里流去；

这海是一个不安静的海，波涛猖獗的翻着，在每个浪头的小白帽上分明的写着人欲与兽性；

到处是奸淫的现象：贪心搂抱着正义，猜忌逼迫着同情，懦怯狎亵着勇敢，肉欲侮弄着恋爱，暴力侵凌着人道，黑暗践踏着光明；

听呀，这一片淫猥的声响，听呀，这一片残暴的声响；

虎狼在热闹的市街里，强盗在你们妻子的床上，罪恶在你们深奥的灵魂里……

二、白旗

来，跟着我来，拿一面白旗在你们的手里——不是上面写着激动怨毒，鼓励残杀字样的白旗，也不是涂着不洁净血液的标记的白旗，也不是画着忏悔与咒语的白旗（把忏悔画在你们的心里）；

你们排列着，噤声的，严肃的，像送丧的行列，不容许脸上留存一丝的颜色，一毫的笑容，严肃的，噤声的，像一队决死的兵士；

现在时辰到了，一齐举起你们手里的白旗，像举起你们的心一样，仰看着你们头顶的青天，不转瞬的，恐惶的，像看着你们自己的灵魂一样；

现在时辰到了，你们让你们熬着、壅着，迸烈着，滚沸着的眼泪流，直流，狂流，自由的流，痛快的流，尽性的流，像山水出峡似的流，像暴雨倾盆似的流……

落叶·秋

现在时辰到了，你们让你们咽着，压迫着，挣扎着，汹涌着的声音嚎，直嚎，狂嚎，放肆的嚎，凶狠的嚎，像飓风在大海波涛间的嚎，像你们丧失了最亲爱的骨肉时的嚎……

现在时辰到了，你们让你们回复了的天性忏悔，让眼泪的滚油煎净了的，让嚎恸的雷霆震醒了的天性忏悔，默默的忏悔，悠久的忏悔，沉彻的忏悔，像冷峭的星光照落在一个寂寞的山谷里，像一个黑衣的尼僧匍伏在一座金漆的神龛前；……

在眼泪的沸腾里，在嚎恸的酣彻里，在忏悔的沉寂里，你们望见了上帝永久的威严。

三、婴儿

我们要盼望一个伟大的事实出现，我们要守候一个馨香的婴儿出世：

你看他那母亲在她生产的床上受罪！

她那少妇的安详，柔和，端丽，现在在剧烈的阵痛里变形成不可信的丑恶：你看她那遍体的筋络都在她薄嫩的皮肤底里暴涨着，可怕的青色与紫色，像受惊的水青蛇在田沟里急泅似的，汗珠站在她的前额上像一颗颗的黄豆，她的四肢与身体猛烈的抽搐着，畸屈着，奋挺着，纠旋着，仿佛她垫着的席子是用针尖编成的，仿佛她的帐围是用火焰织成的；

一个安详的，镇定的，端庄的，美丽的少妇，现在在阵痛的惨酷里变形成魔鬼似的可怖：她的眼，一时紧紧的阖着，一时巨大的睁着，她那眼，原来像冬夜池潭里反映着的明星，现在吐露着青黄色的凶焰，眼珠像是烧红的炭火，映射出她灵魂最后的奋斗，她的原来朱红色的口唇，现在像是炉底的冷灰，她的口颤着，撅着，扭着，死神的热烈的亲吻不容许她一息的平安，她的发是散披着，横在口边，漫在胸前，像揪乱的麻丝，她的手指间紧抓着几穗拧下来的乱发；

　　这母亲在她生产的床上受罪：

　　但是她还不曾绝望，她的生命挣扎着血与肉与骨与肢体的纤微，在危崖的边沿上，抵抗着，搏斗着，死神的逼迫；

　　她还不曾放手，因为她知道（她的灵魂知道！）这苦痛不是无因的，因为她知道她的胎宫里孕育着一点比她自己更伟大的生命的种子，包涵着一个比一切更永久的婴儿；

　　因为她知道苦痛是婴儿要求出世的征候，是种子在泥土里爆裂成美丽的生命的消息，是她完成她自己生命的使命的时机；

　　因为她知道这忍耐是有结果的，在她剧痛的昏瞀中她仿佛听着上帝准许人间祈祷的声音，她仿佛听着天使们赞美未来的光明的声音；

　　因此她忍耐着，抵抗着，奋斗着……她抵拼绷断她遍体的纤微，她要赎出在她那胎宫里动荡着的生命，在

落叶 · 秋

她一个完全，美丽的婴儿出世的盼望中，最锐利。最沉酣的痛感逼成了最锐利最沉酣的快感……

这也许是无聊的希冀，但是谁不愿意活命，就使到了绝望最后的边沿，我们也还要妄想希望的手臂从黑暗里伸出来挽着我们。我们不能不想望这苦痛的现在，只是准备着一个更光荣的将来，我们要盼望一个洁白的肥胖的活泼的婴儿出世！

新近有两件事实，使我得到很深的感触。让我来说给你们听听。

前几时有一天俄国公使馆挂旗，我也去看了。加拉罕站在台上，微微的笑着，他的脸上发出一种严肃的青光，他侧仰着他的头看旗上升时，我觉着了他的人格的尊严，他至少是一个有胆有略的男子，他有为主义牺牲的决心，他的脸上至少没有苟且的痕迹，同时屋顶那根旗杆上，冉冉的升上了一片的红光，背着窈远没有一斑云彩的青天。那面簇新的红旗在风前料峭的袅荡个不定。这异样的彩色与声响引起了我异样的感想。是腼腆，是骄傲，还是鄙夷，如今这红旗初次面对着我们偌大的民族？在场人也有拍掌的，但只是断续的拍掌，这就算是我想我们初次见红旗的敬意；但这又是鄙夷，骄傲，还是惭愧呢？那红色是一个伟大的象征，代表人类史里最伟大的一个时期；不仅标示俄国民族流血的成绩，却也为人类立下了一个勇敢尝试的榜样。在那旗子抖动的声响里我不仅仿佛听出了这近十年来那斯拉夫民族失败与胜利的呼声，我也想象到百数十年前法国革命时的狂热，一七八九年七月四日那天巴黎市民攻破巴士梯亚牢狱时的疯癫。自由，平等，友爱！友爱，平等，自由！你们听呀，在这呼声里人类理想的火焰一直从地面上直冲破天顶，历史上再没有更重要更强烈的转变的时期。卡莱尔（Carlyle）在他的法国革命史里形容这件大事有三句名句，他说："To describe this scene trtans cends the talent of mortals. After four hours of world bedlam it surrenders. The Bastille is down！"他说："要形容这一景超过了凡人的力量。过了四个小时的疯狂他（那大牢）投降了。巴士梯亚是下了！"打破一个政治犯的牢狱不算是了不得的大事，但这事实里有一个象征。巴士梯亚是代表阻碍自由的势力，巴黎士民的攻击是代表全人类争自由的势力，巴士梯亚的"下"是人类理想胜利的凭证。自由，平等，友爱！友爱，平等，自由！法国人在百几十年前猖狂的叫着。这叫声还在人类的性灵里荡着。我们不好像听见吗，虽则隔着百几十年光阴的旷野。如今凶恶的巴士梯亚又在我们的面前堵着；我们如其再不发疯，他那牢门上的铁钉，一个个都快刺透我们的心胸了！

　　这是一件事。还有一件是我六月间伴着泰戈尔到日本时的感想。早七年我过太平洋时曾经到东京去玩过几个钟头，我记得到上野公园去，上一座小山去下望东京的市场，只见连绵的高楼大厦，一派富盛繁华的景象。这回我又到上野去了，我又登山去望东京城了，那分别可太大了！房子，不错，原是有的；但从前是几层楼的高房，还有不少有名的建筑，比如帝国剧场、帝国大学等等，这次看见的，说也可怜，只是薄皮松板暂时支着应用的鱼鳞似的屋子，白松松的像是一个烂发的花头，再没有从前那样富盛与繁华的气象。十九的城子都是叫那大地震吞了去烧了去的。我们站着的地面平常

落叶·秋

· 17 ·

看是再坚实不过的，但是等到他起兴时小小的翻一个身，或是微微的张一张口，我们脆弱的文明与脆弱的生命就够受。我们在中国的差不多是不能想着世界上，在醒着的不是梦里的世界上，竟可以有那样的大灾难。我们中国人是在灾难里讨生活的，水，旱，刀兵，盗劫，哪一样没有，但是我敢说我们所有的灾难合起来，也抵不上我们邻居一年前遭受的大难。那事情的可怕，我敢说是超过了人类忍受力的止境。我们国内居然有人以日本人这次大灾为可喜的，说他们活该，我真要请协和医院大夫用 X 光检查一下他们那几位，究竟他们是有没有心肝的。因为在可怕的运命的面前，我们人类的全体只是一群在山里逢着雷霆风雨时的绵羊，哪里还能容什么种族、政治等等的偏见与意气？我来说一点情形给你们听听，因为虽则你们在报上看过极详细的记载，不曾亲自察看过的总不免有多少距离的隔膜。我自己未到日本前与看过日本后，见解就完全的不同。你们试想假定我们今天在这里集会，我讲的，你们听的，假如日本那把戏轮着我们头上来时，要不了的搭的搭的搭的三秒钟我与你们与讲台与屋子就永远诀别了地面，像变戏法似的，影踪都没了。那是事实，横滨有好几所五六层高的大楼，全是在三四秒时间内整个儿与地面拉一个平，全没了。你们知道圣书里面形容天降大难的时候，不要说本来脆弱的人类完全放弃了一切的虚荣，就是最猛鸷的野兽与飞禽也会在刹时间变化了性质，老虎会来小猫似的挨着你躲着，利喙的鹰鹞会得躲入鸡棚里去窝着，比鸡还要驯服。在那样非常的变动时，他们也好似觉悟了这彼此同是生物的亲属关系，在天怒的跟前同是剥夺了抵抗力的小虫子，这里面就发生了同命运的同情。你们试想就东京一地说，二三百万的人口，几十百年辛勤的成绩，突然的面对着最后审判的实在，就在今天我们回想起当时他们全城子像一个滚沸的油锅时的情景，原来热闹的市场变成了光焰万丈的火盆，在这里面人类最集中的心力与体力的成绩全变了燃料，在这里面艺术、教育、政治、社会人的骨与肉与血都化成了灰烬，还有百十万男女老小的哭嚷声，这哭声本体就可以摇动天地，——我们不要说亲身经历，就是坐在椅子上想象这样不可信的情景时，也不免觉得害怕不是？那可不是顽儿的事情。单只描写那样的大变，恐怕至少就须要荷马或是莎士比亚的天才。你们试想在那时候，假如你们亲身经历时，你的心理该是怎么样？你还恨你的仇人吗？你还不饶恕你的朋友吗？你还沾恋你个人的私利吗？你还有欺哄人的机会吗？你还有什么希望吗？你还不搂住你身旁的生物，管他是你的妻子，你的老子，你的听差。你的妈，你的冤家，你的老妈子，你的猫，你的狗，把你灵魂里还剩下的光明一齐放射出来，和着你同难的同胞在这普遍的黑暗里来一个最后的结合吗？

　　但运命的手段还不是那样的简单。他要是把你的一切都扫灭了，那倒也是一个痛快的结束；他可不然。他还让你活着，他还有更苛刻的试验给你。太难过了，你还喘着气；你的家，你的财产，都变了你脚下的灰，你的爱亲与妻与儿女的骨肉还有烧不烂的火堆里燃着，你没有了一切；但是太阳又在你的头上光亮的照着，你还是好好的在平定的地面上站着，你疑心这一定是梦，可又不是梦，因为不久你就发现与你同难的人们，他们也一样的疑心他们身受的是梦。可真不

落叶·秋

是梦；是真的。你还活着，你还喘着气，你得重新来过，根本的完全的重新来过。除非是你自愿放手，你的灵魂里再没有勇敢的分子。那才是你的真试验的时候。这考卷可不容易交了，要到那时候你才知道你自己究竟有多大能耐，值多少，有多少价值。

我们邻居日本人在灾后的实际就是这样。全完了，要来就得完全来过，尽你己身的力量不够，加上你儿子的，你孙子的，你孙子的儿子的儿子的孙子的努力，也许可以重新撑起这份家私，但在这努力的经程中，谁也保不定天与地不再捣乱；你的几十年只要他的几秒钟。问题所以是你干不干？就只干脆的一句话，你干不干，是或否？同时也许无情的运命，扭着他那丑陋可怕的脸子在你的身旁冷笑，等着你最后的回话。你干不干，他仿佛在涎着他的怪脸问着你！

我们勇敢的邻居们已经交了他们的考卷；他们回答了一个甘脆的干字，我们不能不佩服。我们不能不尊敬他们精神的人格。不等那大震灾的火焰缓和下去，我们邻居们第二次的奋斗已经庄严的开始了。不等运命的残酷的手臂松放，他们已经宣言他们积极的态度对运命宣战。这是精神的胜利，这是伟大，这是证明他们有不可摇的信心，不可动的自信力；证明他们是有道德的与精神的准备的，有最坚强的毅力与忍耐力的，有内心潜在着的精力的，有充分的后备军的，好比说，虽则前敌一起在炮火里毁了，这只是给他们一个出马的机会。他们不但不悲观，不但不消极，不但不绝望，不但不低着嗓子乞怜，不但不倒在地下等救，在他们看来这大灾难，只是一个伟大的激刺，伟大的鼓励，伟大的灵感，一个应有的试验，因此他们新来的态度只是双倍的积极，双倍的勇猛，双倍的兴奋，双倍的有希望；他们仿佛是经过大战的大将，战阵愈急迫逾危险，战鼓愈打得响亮，他的胆量愈大，往前冲的步子愈紧，必胜的决心愈强。这，我说，真是精神的胜利，一种道德的强制力，伟大的，难能的，可尊敬的，可佩服的。泰戈尔说的，国家的灾难，个人的灾难，都是一种试验：除是灾难的结果压倒了你的意志与勇敢，那才是真的灾难，因为你更没有翻身的希望。

这也并不是说他们不感觉灾难的实际的难受，他们也是人，他们虽勇，心究竟不是铁打的。但他们表现他们痛苦的状态是可注意的；他们不来零碎的呼叫，他们采用一种雄伟的庄严的仪式。此次震灾的周年纪念时，他们选定一个时间，举行他们全国的悲哀；在不知是几秒或几分钟的期间内，他们全国的国民一致的静默了，全国民的心灵在那短时间内融合在一阵忏悔的，祈祷的，普遍的肃静里（那是何等的凄伟！）；然后，一个信号打破了全国的静默，那千百万人民又一致的高声悲号，悲悼他们曾经遭受的惨运；在这一声弥漫的哀号里，他们国民，不仅发泄了蓄积着的悲哀，这一声长号，也表明他们一致重新来过的伟大的决心（这又是何等的凄伟！）。

这是教训，我们最切题的教训。我个人从这两件事情——俄国革命与日本地震——感到极深刻的感想；一件是告诉我们什么是有意义有价值的牺牲，那表面紊乱的背后坚定的站着某种主义或是某种理想，激动人类潜伏着一种普遍的想望，为要达到那想望的境界，他们就不顾冒怎样剧烈的险与难，拉倒已成的建设，踏平现有的基础，抛却生活的习惯，尝试

落叶·秋

最不可测量的路子。这是一种疯癫，但是有目的的疯癫；单独的看，局部的看，我们尽可以下种种非难与责备的批评，但全部的看，历史的看时，那原来纷乱的就有了条理，原来散漫的就成了片段，甚至于在过程中一切反理性的分明残暴的事实，都有了他们相当的应有的位置。在这部大悲剧完成时，在这无形的理想"物化"成事实时，在人类历史清理节账时，所得便超过所出，赢余至少是盖得过损失的。我们现在自己的悲惨就在问题不集中，不清楚，不一贯；我们缺少，用一个现成的比喻——那一面半空里升起来的彩色旗，（我不是主张红旗我不过比喻罢了！）使我们有眼睛能看的人都不由的不仰着头望；缺少那青天里的一个霹雳，使我们有耳朵能听的不由的惊心。正因为缺乏这样一个一贯的理想与标准（能够表现我们潜在意识所想望的），我们有的那一部疯癫性——历史上所有的大运动都脱不了疯癫性的成分——就没有机会充分的外现，我们物质生活的累赘与沾恋，便有力量压迫住我们精神性的奋斗；不是我们天生不肯牺牲，也不是天生懦怯，我们在这时期内的确不曾寻着值得或是强迫我们牺牲的那件理想的大事，结果是精力的散漫，志气的怠惰，苟且心理的普遍，悲观主义的盛行，一切道德标准与一切价值的毁灭与埋葬。

人原来是行为的动物，尤其是富有集合行为力的，他有向上的能力，但他也是最容易堕落的，在他眼前没有正当的方向时，比如猛兽监禁在铁笼子里。在他的行为力没有发展的机会时，他就会随地躺了下来，管他是水潭是泥潭，过他不黑不白的猪奴的生活。这是最可惨的现象，最可悲的趋向。

如其我们容忍这种状态继续存在时，那时每一对父母每次生下一个洁净的小孩，只是为这卑劣的社会多添一个堕落的分子，那是莫大的亵渎的罪业；所有的教育与训练也就根本的失去了意义，我们还不如盼望一个大雷霆下来毁尽了这三江或四江流域的人类的痕迹！

再看日本人天灾后的勇猛与毅力，我们就不由的不惭愧我们的穷，我们的乏，我们的寒伧。这精神的穷乏才是真可耻的，不是物质的穷乏。我们所受的苦难都还不是我们应有的试验的本身，那还差得远着哪；但是我们的丑态已经恰好与人家的从容成一个对照。我们的精神生活没有充分的涵养，所以临着稀小的纷扰便没有了主意，像一个耗子似的，他的天才只是害怕，他的伎俩只是小偷；又因为我们的生活没有深刻的精神的要求，所以我们合群生活的大网子就缺少最吃分量最经用的那几条普遍的同情线，再加之原来的经纬已经到了完全破烂的状态，这网子根本就没有了联结，不受外物侵损时已有溃散的可能，哪里还能在时代的急流里，捞起什么有价值的东西？说也奇怪，这几千年历史的传统精神非但不曾供给我们社会一个巩固的基础，我们现在到了再不容隐讳的时候，谁知道发现我们的桩子，只是在黄河里造桥，打在流沙里的！

难怪悲观主义变成了流行的时髦！但我们年轻人，我们的身体里还有生命跳动，脉管里多少还有鲜血的年轻人，却不应当沾染这最致命的时髦，不应当学那随地躺得下去的猪，不应当学那苟且专家的耗子，现在时候逼迫了，再不容我们刹那的含糊。我们要负我们应负的责任，我们要来补织我们

落叶·秋

已经破烂的大网子，我们要在我们各个人的生活里抽出人道的同情的纤维来合成强有力的绳索，我们应当发现那适当的象征，像半空里那面大旗似的，引起普遍的注意；我们要修养我们精神的与道德的人格，预备忍受将来最难堪的试验。简单的一句话，我们应当在今天——过了今天就再没有那一天了——宣传我们对于生活基本的态度。是是还是否；是积极还是消极；是生道还是死道；是向上还是堕落？在我们年轻人一个字的答案上就挂着我们全社会的运命的决定。我盼望我至少可以代表大多数青年，在这篇讲演的末尾，高叫一声——用两个有力量的外国字——

"Everlasting yea！"

青年运动

　　我这几天是一个活现的 Don Quixote，虽则前胸不曾装起护心镜，头顶不曾插上雉鸡毛，我的一顶阔边的"面盆帽"，与一根漆黑铄亮的手棍，乡下人看了已经觉得新奇可笑；我也有我的 Sancho Panza，他是一个角色，会憨笑，会说疯话，会赌咒，会爬树，会爬绝壁，会背《大学》，会骑牛，每回一到了乡下或山上，他就卖弄他的可惊的学问，他什么树都认识，什么草都有名儿，种稻种豆，养蚕栽桑，更不用说，他全知道，一讲着就乐，一乐就开讲，一开讲就像他们田里的瓜蔓，又细又长又曲折又绵延（他姓陆名字叫炳生或是丙申，但是人家都叫他鲁滨孙）；这几天我到四乡去冒险，前面是我，后面就是他，我折了花枝，采了红叶，或是捡了石块（我们山上有浮石，掷在水里会浮的石块，你说奇不奇！）就让他扛着，问路是他的份儿，他叫一声大叔，乡下人谁都愿意与他答话；轰狗也是他的份儿，到乡下去最怕是狗，他们全是不躲懒的保卫团，一见穿大褂子的他们就起疑心，迎着你

· 25 ·

落叶·秋

嗥还算是文明的盘问，顶英雄的满不开口望着你的身上直攻，那才麻烦，但是他有办法，他会念降狗咒，据他说一念狗子就丧胆，事实上并不见得灵验，或许狗子有秘密的破法也说不定，所以每回见了劲敌，他也免不了慌忙。他的长处就在与狗子对嗥，或是对骂，居然有的是王郎种，有时他骂上了劲，狗子到软化了，但是我总不成，望见了狗影子就心虚，我是淝水战后的苻坚，稻草膙儿，竹篱笆，就够我的恐慌。有时我也学 Do Quixote 那劲儿，舞起我手里的梨花棒，喝一声孽畜好大胆，看棒！果然有几处大难让我顶潇洒的蒙过了。

我相信我们平常的脸子都是太像骡子——拉得太长；忧愁，想望，计算，猜忌，怨恨，懊怅，怕惧，都像魔魔似的压在我们原来活泼自然的心灵上，我们在人丛中的笑脸大半是装的，笑响大半是空的，这真是何苦来。所以每回我们脱离了烦恼打底的生活，接近了自然，对着那宽阔的天空，活动的流水，我们就觉得轻松得多，舒服得多。每回我见路旁的息凉亭中，挑重担的乡下人，放下他的担子，坐在石凳上，从腰包里掏出火刀火石来，打出几簇火星，点旺一杆老烟，绿田里豆苗香的风一阵阵的吹过来，吹散他的烟氛，也吹燥了他眉额间的汗渍；我就感想到大自然调剂人生的影响：我自己就不知道曾经有多少自杀类的思想，消灭在青天里，白云间，或是像挑担人的热汗，都让凉风吹散了。这是大家都承认的，但实际没有这样容易。即使你有机会在息凉亭子里抽一杆潮烟，你抽完了烟，重担子还是要挑的，前面谁也不知道还有多少路，谁也不知道还有没有现成的息凉亭子，也许走不到第二个凉亭，你的精力已经到了止境，同时担子的重量是刻刻加增的，你那时再懊悔你当初不应该尝试这样压得死人的一个负担，也就太迟了！

我这一时在乡下，时常揣摩农民的生活，他们表面看来虽则是继续的劳瘁，但内里却有一种涵蓄的乐趣，生活是原始的，朴素的，但这原始性就是他们的健康，朴素是他们幸福的保障，现代所谓文明人的文明与他们隔着一个不相传达的气圈，我们的争竞，烦恼，问题，消耗，等等，他们梦里也不曾做着过；我们的坠落，隐疾，罪恶，危险，等等，他们听了也是不了解的，像是听一个外国人的谈话。上帝保佑世上再没有懵懂的呆子想去改良、救渡、教育他们，那是间接的揣残他们的平安，扰乱他们的平衡，抑塞他们的生机！

需要改良与教育与救渡的是我们过分文明的文明人，不是他们。需要急救，也需要根本调理的是我们的文明，二十世纪的文明，不是洪荒太古的风俗，人生从没有受过现代这样普遍的咒诅，从不曾经历过现代这样荒凉的恐怖，从不曾尝味过现代这样恶毒的痛苦，从不曾发现过现代这样的厌世与怀疑。这是一个重候，医生说的。

人生真是变了一个压得死人的负担，习惯与良心冲突，责任与个性冲突，教育与本能冲突，肉体与灵魂冲突，现实与理想冲突，此外社会政治宗教道德买卖外交，都只是混沌，更不必说。这分明不是一块青天，一阵凉风，一流清水，或是几片白云的影响所能治疗与调剂的；更不是宗教式的训道、教育式的讲演、政治式的宣传所能补救与济渡的。我们在这促狭的芜秽的椌犴中，也许有时望得见一两丝的阳光，或是像拜伦在Chillon那首诗里描写的，听着清新的鸟歌；但这是嘲讽，不是

落叶·秋

慰安，是丹得拉士（Tantalus）的苦痛，不是上帝的恩宠；人生不一定是苦恼的地狱。我们的是例外的例外。在葡萄丛中高歌欢舞的一种提昂尼辛的颠狂（Dionysianmadness），已经在时间的灰烬里埋着，真生命活泼的血液的循环，已经被文明的毒质瘀住，我们仿佛是孤儿在黑夜的森林里呼号生身的爹娘，光明与安慰都没有丝毫的踪迹。所以我们要求的——如其我们还有胆气来要求——决不是部分的，片面的补苴，决不是消极的慰藉，决不是恇夫的改革，决不是傀儡的把戏……我们要求的是，"澈底的来过"；我们要为我们新的洁净的灵魂造一个新的洁净的躯体，要为我们新的洁净的躯体造一个新的洁净的灵魂；我们也要为这新的洁净的灵魂与肉体造一个新的洁净的生活——我们要求一个"完全的再生"。

我们不承认已成的一切，不承认一切的现实；不承认现有的社会，政治，法律，家庭，宗教，娱乐，教育；不承认一切的主权与势力。我们要一切都重新来过：不是在书桌上整理国故，或是在空枵的理论上重估价值，我们是要在生活上实行重新来过，我们是要回到自然的胎宫里去重新吸收一番资养。但我们说不承认已成的一切是不受一切的束缚的意思，并不是与现实宣战，那是最不经济也太琐碎的办法；我们相信无限的青天与广大的山林尽有我们青年男女翱翔自在的地域；我们不是要求篡取已成的世界，那是我们认为不可医治的。我们也不是想来试验新村或新社会，预备感化或是替旧社会做改良标本，那是十九世纪的迂儒的梦乡，我们也不打算进去空费时间的；并且那是训练童子军的性质，牺牲了多数人供一个人的幻想的试验的。我们的如其是一个运动，这决不是为青年的运动，而是青年自动的运动，青年自己的运动，只是一个自寻救渡的运动。

你说什么，朋友，这就是怪诞的幻想，荒谬的梦不是？不错，这也许是现代青年反抗物质文明的理想，而且我敢说多数的青年在理论上多表同情的；但是不忙，朋友，现有一个实例，我要乘便说给你听听，——如其你有耐心。

十一年前一个冬天在德国汉奴佛（Hanover）相近一个地方，叫做 Cassel，有二千多人开了一个大会，讨论他们运动的宗旨与对社会、政治、宗教问题的态度，自从那次大会以后这运动的势力逐渐张大，现在已经有一百多万的青年男女加入——这就叫做 Jugendbewegung "青年运动"，虽则德国以外很少人明白他们的性质。我想这不仅是德国人，也许是全欧洲的一个新生机，我们应得特别的注意。"西方文明的坠落只有一法可以挽救，就在继起的时代产生新的精神的与生命的势力"。这是福士德博士说的话，他是这青年运动里的一个领袖，他著一本书叫做《Jugendseele》，专论这运动的。

现在德国乡间常有一大群的少年男子与女子，排着队伍，弹着六弦琵琶唱歌，他们从这一镇游行到那一镇，晚上就唱歌跳舞来交换他们的住宿，他们就是青年运动的游行队，外国人见了只当是童子军性质的组织，或是一种新式的吉婆西（Gipsy），但这是仅见外表的话。

德国的青年运动是健康的年轻男女反抗现代的坠落与物质主义的革命运动，初起只是反抗家庭与学校的专权，但以后取得更哲理的涵义，更扩大反叛的范围，简直决破了一切人为的制限，要赤裸裸的造成一种新生活。最初发起的是加

落叶·秋

· 29 ·

尔菲喧（Karl Fiscber of Steglitz），但不久便野火似的烧了开去，现在单是杂志已有十多种，最初出的叫作 Wandervogel。

这运动最主要的意义，是要青年人在生命里寻得一个精神的中心（the spiritual center of life），一九一三年大会的铭语是"救渡在于自己教育"（Salvation Iies in Self-Education），"让我们重新做人。让我们脱离狭窄的腐败的政治组织，让我们抛弃近代科学家们的物质主义的小径，让我们抛弃无灵魂的知识钻研。让我们重新做活着的男子与女子"。他们并没有改良什么的方案，他们禁止一切有具体目的的运动；他们代表一种新发现的思路，他们旨意在于规复人生原有的精神的价值。"我们的大旨是在离却坠落的文明，回向自然的单纯；离却一切的外骛，回向内心的自由；离却空虚的娱乐，回向真纯的欢欣；离却自私主义，回向友爱的精神；离却一切懈弛的行为，回向郑重的自我的实现。我们寻求我们灵魂的安顿，要不愧于上帝，不愧于己，不愧于人，不愧于自然"。"我们即使存心救世，我们也得自己重新做人"。

这运动最显著亦最可惊的结果是确实的产生了真的新青年，在人群中狠容易指出，他们显示一种生存的欢欣，自然的热心，爱自然与朴素，爱田野生活。他们不饮酒（德国人原来差不多没有不饮酒的），不吸烟，不沾城市的恶习。他们的娱乐是弹着琵琶或是拉着梵和玲唱歌，踏步游行跳舞或集会讨论宗教与哲理问题。跳舞最是他们的特色。往往有大群的游行队，徒步游历全省，到处歌舞，有时也邀本地人参加同乐——他们复活了可赞美的提昂尼辛的精神！

这样伟大的运动不能不说是这黑魆魆的世界里的一泻清

辉，不能不说是现代苟且的厌世的生活（你们不曾到过柏林与维也纳的不易想像）一个庄严的警告，不能不说是旧式社会已经蛀烂的根上重新爆出来的新生机，新萌芽；不能不说是全人类理想的青年的一个安慰，一个兴奋，为他们开辟了一条新鲜的愉快的路径；不能不说是一个新的洁净的人生观的产生。我们要知道在德国有几十万的青年男女，原来似乎命定做机械性的社会的终身奴隶，现在却做了大自然的宠儿，在宽广的天地间感觉新鲜的生命的跳动，原来只是屈伏在蠢拙的家庭与教育的桎梏下，现在却从自然与生活本体接受直接的灵感，像小鹿似的活泼，野鸟似的欢欣；自然的教训是洁净与朴素与率真，这正是近代文明最缺乏的原素。他们不仅开发了各个人的个性，他们也规复了德意志民族的古风，在他们的歌曲、舞蹈、游戏、故事与礼貌中，在青年们的性灵中，古德意志的优美，自然的精神又取得了真纯的解释与标准。所以城市生活的堕落，淫纵，耗费，奢侈，饰伪，以及危险与恐怖，不论他们传染性怎样的剧烈，再也沾不着洁净的青年，道德家与宗教家的教训只是消极的强勉的，他们的觉悟是自动的，自然的，根本的，这运动也产生了一种真纯的友爱的情谊在年轻的男子与女子间；一种新来的大同的情感，不是原因于主义的激刺或党规的强迫；而是健康的生活里自然流露的乳酪，洁净是他们的生活的纤维，愉快是营养。

我这一点感想写完了，从我自己的野游蔓延到德国的青年运动，我想我再没有加案语的必要，我只要重复一句滥语——民族的希望就在自觉的青年。

正月二十四日

落叶·秋

话

　　绝对的值得一听的话，是从不曾经人口说过的；比较的值得一听的话，都在偶然的低声细语中；相对的不值得一听的话，是有规律有组织的文字结构；绝对不值得一听的话，是用不经修练，又粗又蠢的嗓音所发表的语言。比如：正式集会的演说，不论是运动、女子参政或是宣传色彩鲜明的主义；学校里讲台上的演讲，不论是山西乡村里训阎阎圣人用民主主义的冬烘先生的法宝，或是穿了前红后白道袍方巾的博士衣的瞎扯；或是充满了烟士披里纯开口天父闭口阿门的讲道——都是属于我所说最后的一类：都是无条件的根本的绝对的不值得一听的话。历代传下来的经典，大部分的文学书，小部分的哲学书，都是末了第二类——相对的不值得一听的话。至于相对的可听的话，我说大概都在偶然的低声细语中：例如真诗人梦境最深——诗人们除了做梦再没有正当的职业——神魂远在祥云缥缈之间那时候随意吐露出来的零句断片，英国大诗人宛茨渥士所谓茶壶煮沸时嗤嗤的微音；

最可以象征入神的诗境——例如李太白的"我醉欲眠卿且去，明朝有意抱琴来"，或是开茨的"There I shut her wild , wild eyes with kisses four"。你们知道宛茨渥士和雪莱他们不朽的诗歌，大都是在田野间，海滩边，树林里，独自徘徊着像离魂病似的自言自语的成绩；法国的波特莱亚、凡尔仑他们精美无比的妙句，很多是受了烈性的麻醉剂——大麻或是鸦片——影响的结果。这种话比较的很值得一听。还有青年男女初次受了顽皮的小爱神箭伤以后，心跳肉颤面红耳赤的在花荫间，在课室内，或在月凉如洗的墓园里，含着一包眼泪吞吐出来的——不问怎样的不成片段，怎样的违反文法——往往都是一颗颗希有的珍珠，真情真理的凝晶。但诸君要听明白了，我说值得一听的话大都是在偶然的低声和语中，不是说凡是低声和语都是值得一听的，要不然外交厅屏风后的交头接耳，家里太太月底月初枕头边的小噜苏，都有了诗的价值了！

　　绝对的值得一听的话，是从不曾经人口道过的。整个的宇宙，只是不断的创造；所有的生命，只是个性的表现。真消息，真意义，内蕴在万物的本质里，好像一条大河，网络似的支流，随地形的结构，四方错综着，由大而小，由小而微，由微而隐，由有形至无形，由可数至无限，但这看来极复杂的组织所表明的只是一个单纯的意义，所表现的只是一体活泼的精神；这精神是完全的，整个的，实在的；唯其因为是完全整个实在而我们人的心力智力所能运用的语言文字，只是不完全非整个的，模拟的，象征的工具，所以人类几千年来文化的成绩，也只是想猜透这大迷谜似是而非的各种的尝试。人是好奇的动物；我们的心智，便是好奇心活动的表

落叶·秋

现。这心智的好奇性便是知识的起源。一部知识史，只是历尽了九九八十一大难却始终没有望见极乐世界求到大藏真经的一部西游记。说是快乐吧，明明是劫难相承的苦恼，说是苦恼，苦恼中又分明有无限的安慰。我们各个人的一生便是人类全史的缩小，虽则不敢说我们都是寻求真理的合格者，但至少我们的胸中，在现在生命的出发时期，总应该培养一点寻求真理的诚心，点起一盏寻求真理的明灯，不至于在生命的道上只是暗中摸索，不至于盲目的走到了生命的尽头，什么发见都没有。

但虽则真消息与真意义是不可以人类智力所能运用的工具——就是语言文字——来完全表现，同时我们又感觉内心寻真求知的冲动，想侦探出这伟大的秘密，想把宇宙与人生的究竟，当作一朵盛开的大红玫瑰，一把抓在手掌中心，狠劲的紧挤，把花的色、香、灵肉，和我们自己爱美、爱色、爱香的烈情，绞和在一起，实现一个彻底的痛快；我们初上生命和知识舞台的人，谁没有，也许多少深浅不同，浮士德的大野心，他想 "discover the force that binds the world and guides its course"。谁不想在知识界里，做一个笼卷一切的拿破仑？这种想为王为霸的雄心，都是生命原力内动的征象，也是所有的大诗人、大艺术家最后成功的预兆；我们的问题就在怎样能替这一腔还在潜伏状态中的活泼的蓬勃的心力心能，开辟一条或几条可以尽情发展的方向，使这一盏心灵的神灯，一度点着以后，不但继续的有燃料的供给，而且能在狂风暴雨的境地里，益发的光焰神明；使这初出山的流泉，渐渐的汇成活泼的小涧，沿路再并合了四方来会的支流，虽则初起经过崎岖的山路，不免辛苦，但一到了平原，便可以放怀的奔流，成河成江，自有无限的前途了。

真伟大的消息都蕴伏在万事万物的本体里，要听真值得一听的话，只有请教两位最伟大的先生。

现放在我们面前的两位大教授，不是别的，就是生活本体与大自然。生命的现象，就是一个伟大不过的神秘：墙角的草兰，岩石上的苔藓，北冰洋冰天雪地里的极熊水獭，城河边咶咶叫夜的水蛙，赤道上火焰似沙漠里的爬虫，乃至于弥漫在大气中的霉菌，大海底最微妙的生物；总之太阳热照到或能透到的地域，就有生命现象。我们若然再看深一层，不必有菩萨的慧眼，也不必有神秘诗人的直觉，但凭科学的常识，便可以知道这整个的宇宙，只是一团活泼的呼吸，一体普遍的生命，一个奥妙灵动的整体。一块极粗极丑的石子，看来像是全无意义毫无生命，但在显微镜底下看时，你就在这又粗又丑的石块里，发现一个神奇的宇宙，因为你那时所见的，只是千变万化颜色花样各各不同的种种结晶体，组成艺术家所不能想象的一种排列；若然再进一层研究，这无量数的凝晶各个的本体，又是无量数更神奇不可思议的电子所组成：这里面又是一个 Cosmos，仿佛灿烂的星空，无量数的星球同时在放光辉在自由地呼吸着。

但我们决不可以为单凭科学的进步就能看破宇宙结构的秘密。这是不可能的。我们打开了一处知识的门，无非又发现更多还是关得紧紧的，猜中了一个小迷谜，无非从这猜中里又引起一个更大更难猜的迷谜，爬上了一个山峰，无非又发现前面还有更高更远的山峰。

落叶·秋

这无穷尽性便是生命与宇宙的通性。知识的寻求固然不能到底，生命的感觉也有同样无限的境界。我们在地面上做人这场把戏里，虽则是刹那间的幻象，却是有的是好玩，只怕我们的精力不够，不曾学得怎样玩法，不怕没有相当的趣味与报酬。

　　所以重要的在于养成与保持一个活泼无碍的心灵境地，利用天赋的身与心的能力，自觉的尽量发展生活的可能性。活泼无碍的心灵境界：比如一张绷紧的弦琴，挂在松林的中间，感受大气小大快慢的动荡，发出高低缓急同情的音调。我们不是最爱自由最恶奴从吗？但我们向生命的前途看时，恐怕不易使我们乐观，除了我们一点无形无踪的心灵以外，种种的势力只是强迫我们做奴做隶的努力：种种对人的心与责任，社会的习惯，机械的教育，沾染的偏见，都像沙漠的狂风一样，卷起满天的砂土，不时可以把我们可怜的旅行人整个儿给埋了！

　　这就是宗教家出世主义的大原因，但出世者所能实现的至多无非是消极的自由，我们所要的却不止此。我们明知向前是奋斗，但我们却不肯做逃兵，我们情愿将所有的精液，一齐发泄成奋斗的汗，与奋斗的血，只要能得最后的胜利，那时尽量的痛苦便是尽量的快乐。我们果然能从生命的现象与事实里，体验到生命的实在与意义；能从自然界的现象与事实里，领会到造化的实在与意义，那时随我们付多大的价钱，也是值得的了。

　　要使生命成为自觉的生活，不是机械的生存，是我们的理想。要从我们的日常经验里，得到培保心灵扩大人格的资养，是我们的理想。要使我们的心灵，不但消极的不受外物的拘束与压迫，并且永远在继续的自动，趋向创作，活泼无碍的境界，是我们的理想。使我们的精神生活，取得不可否认的实在，使我们生命的自觉心，像大雪天滚雪球一般的愈滚愈大，不但在生活里能同化极伟大极深沉与极隐奥的情感，并且能领悟到大自然一草一木的精神，是我们的理想。使天赋我们灵肉两部的势力，尽性的发展，趋向最后的平衡与和谐，是我们的理想。

理想就是我们的信仰，努力的标准，果然我们能运用想像力为我们自己悬拟一个理想的人格，同时运用理智的机能，认定了目标努力去实现那理想，那时我们在奋斗的经程中，一定可以得到加倍的勇气，遇见了困难，也不至于失望，因为明知是题中应有的文章，我们的立身行事，也不必迁就社会已成的习惯与法律的范围，而自能折中于超出寻常所谓善恶的一种更高的道德标准；我们那时便可以借用李太白当时躲在山里自得其乐时答复俗客的妙句，"落花流水沓然去，别有天地非人间！"

我们也明知这不是可以偶然做到的境界；但问题是在我们能否见到这境界，大多数人只是不黑不白的生，不黑不白的死，耗费了不少的食料与饮料，耗费了不少的时间与空间，结果连自己的臭皮囊都收拾不了，还要连累旁人；能见到的人已经不少，见到而能尽力做去的人当然更少，但这极少数人却是文化的创造者，便能在梁任公。先生说的那把宜兴茶壶里留下一些不磨的痕迹。

我个人也许见识太偏僻了，但我实在不敢信人为的教育，

落叶·秋

他动的训练，能有多大的价值：我最初最后的一句话，只是
"自身体验去"，真学问、真知识决不是在教室中书本里所能
求得的。

　　大自然才是一大本绝妙的奇书，每张上都写有无穷无尽
的意义，我们只要学会了研究这一大本书的方法，多少能够
了解他内容的奥义，我们的精神生活就不怕没有资养，我们
理想的人格就不怕没有基础。但这本无字的天书，决不是没
有相当的准备就能一目了然的：我们初识字的时候，打开书
本子来，只见白纸上画的许多黑影，哪里懂得什么意义。我
们现有的道德教育里哪一条训条，我们不能在自然界感到更
深彻的意味，更亲切的解释？每天太阳从东方的地平上升，
渐渐的放光，渐渐的放彩，渐渐的驱散了黑夜，扫荡了满天
沉闷的云雾，霎刻间临照四方，光满大地；这是何等的景象？
夏夜的星空，张着无量数光芒闪烁的神眼，衬出浩渺无极的
穹苍，这是何等的伟大景象？大海的涛声不住的在呼啸起落，
这是何等伟大奥妙的景象？高山顶上一体的纯白，不见一些
杂色，只有天气飞舞着，云彩变幻着，这又是何等高尚纯粹
的景象？小而言之，就是地上一棵极贱的草花，他在春风与
艳阳中摇曳着，自有一种庄严愉快的神情，无怪诗人见了，
甚至内感"非涕泪所能宣泄的情绪"。宛茨渥士说的自然"大
力回容，有镇驯矫伪之功"，这是我们的真教育。但自然最大
的教训，尤在"凡物各尽其性"的现象。玫瑰是玫瑰，海棠
是海棠，鱼是鱼，鸟是鸟，野草是野草，流水是流水；各有
各的特性，各有各的效用，各有各的意义。仔细的观察与悉
心体会的结果，不由你不感觉万物造作之神奇，不由你不相

信万物的底里是有一致的精神流贯其间，宇宙是合理的组织，人生也无非这大系统的一个关节。因此我们也感想到人类也许是最无出息的一类。一茎草有他的妩媚，一块石子也有他的特点，独有人反只是庸生庸死，大多数非但终身不能发挥他们可能的个性，而且遗下或是丑陋或是罪恶一类不洁净的踪迹，这难道也是造物主的本意吗？

我前面说过所有的生命只是个性的表现。只要在有生的期间内，将天赋可能的个性尽量的实现，就是造化旨意的完成。我这几天在留心我们馆里的月季花，看他们结苞，看他们开放，看他们逐渐的盛开，看他们逐渐的憔悴，逐渐的零落。我初动的感情觉得是可悲，何以美的幻象这样的易灭，但转念却觉得不但不必为花悲，而且感悟了自然生生不已的妙意。花的责任，就在集中他春来所吸受阳光雨露的精神，开成色香两绝的好花，精力完了便自落地成泥，圆满功德，明年再来过。只有不自然的被摧残了，不能实现他自傲色香的一两天，那才是可伤的耗费。

不自然的杀灭了发长的机会，才是可惜，才是违反天意。我们青年人应该时时刻刻把这个原则放在心里。不能在我生命里实现人之所以为人，我对不起自己。在为人的生活里不能实现我之所以为我，我对不起生命；这个原则我们也应该时时放在心里。

我们人类最大的幸福与权力，就是在生活里有相当的自由活动，我们可以自觉的调剂，整理，修饰，训练我们生活的态度，我们既然了解了生活只是个性的表现，只是一种艺术，就应得利用这一点特权将生活看作艺术品，谨慎小心的

落叶·秋

做去。运命论我们是不相信的，但就是相面算命先生也还承认心有改相致命的力量。环境论的一部分我们不得不承认，但是心灵支配环境的可能，至少也与环境支配生活的可能相等，除非我们自愿让物质的势力整个儿扑灭了心灵的发展，那才是生活里最大的悲惨。

我们的一生不成材不碍事，材是有用的意思；不成器也不碍事，器也是有用的意思。生活却不可不成品，不成格，品格就是个性的外现，是对于生命本体，不是对于其余的标准，例如社会家庭——直接担负的责任；橡树不是榆树，翠鸟不是鸽子，各有各的特异的品格。在造化的观点看来，橡树不是为柜子衣架而生，鸽子也不是为我们爱吃五香鸽子而存，这是他们偶然的用或被利用，物之所以为物的本义是在实现他天赋的品性，实现内部精力所要求的特异的格调。我们生命里所包涵的活力，也不问你在世上做将，做相，做资本家，做劳动者，做国会议员，做大学教授，而只要求一种特异品格的表现，独一的，自成一体的，不可以第二类相比称的，犹之一树上没有两张绝对相同的叶子，我们四万万人里也没有两个相同的鼻子。

而要实现我们真纯的个性，决不是仅仅在外表的行为上务为新奇务为怪僻——这是变性不是个性——真纯的个性是心灵的权力能够统制与调和身体，理智、情感、精神，种种造成人格的机能以后自然流露的状态，在内不受外物的障碍，像分光镜似的灵敏，不论是地下的泥砂，不论是远在万万里外的星辰，只要光路一对准，就能分出他光浪的特性；一次经验便是一次发明，因为是新的结合，新的变化。有了这样的内心生活，发之于外，当然能超于人为的条例而能与更深奥却更实在的自然规律相呼应，当然能实现一种特异的品与格，当然能在这大自然的系统里尽他特异的贡献，证明他自身的价值。懂了物各尽其性的意义再来观察宇宙的事物，实在没有一件东西不是美的，一叶一花是美的不必说，就是毒性的虫，比如蝎子，比如蚂蚁，都是美的。只有人，造化期望最深的人，却是最辜负的，最使人失望的，因为一般的人，都是自暴自弃，非但不能尽性，而且到底总是糟蹋了原来可以为美可以为善的本质。

惭愧呀，人！好好一张可以做好文章的题目，却被你写做一篇一窍不通的滥调；好好一个画题，好好一张帆布，好好的颜色，都被你涂成奇丑不堪的滥画；好好的雕刀与花岗石，却被你斫成荒谬恶劣的怪像！好好的富有灵性可以超脱物质与普遍的精神共化永生的生命，却被你糟蹋亵渎成了一种丑陋庸俗卑鄙龌龊的废物！

生活是艺术。我们的问题就在怎样的运用我们现成的材料，实现我们理想的作品；怎样的可以像密仡郎其罗一样，取到了一大块矿山里初开出来的白石，一眼望过去，就看出他想像中的造像，已经整个的嵌稳着，以后只要下打开石子把他不受损伤的取了出来的工夫就是。所以我们再也不要抱怨环境不好不适宜，阻碍我们自由的发展，或是教育不好不适宜，不能奖励我们自由的发展。发展或是压灭，自由或是奴从，真生命或是苟活，成品或是无格——一切都在我们自己，全看我们在青年时期有否生命的觉悟，能否培养与保持心灵的自由，能否自觉的努力，能否把生活当作艺术，

落叶·秋

一笔不苟的做去。我所以回返重复的说明真消息、真意义、真教育决非人口或书本子可以宣传的，只有集中了我们的灵感性直接的一面向生命本体，一面向大自然耐心去研究，体验，审察，省悟，方才可以多少了解生活的趣味与价值与他的神圣。

因为思想与意念，都起于心灵与外象的接触：创造是活动与变化的结果。真纯的思想是一种想像的实在，有他自身的品格与美，是心灵境界的彩虹，是活着的胎儿。但我们同时有智力的活动，感动于内的往往有表现于外的倾向——大画家米莱氏说深刻的印象往往自求外现，而且自然的会寻出最强有力的方法来表现——结果无形的意念便化成有形可见的文字或是有声可闻的语言，但文字语言最高的功用就在能象征我们原来的意念，他的价值也止于凭借符号的外形，暗示他们所代表的当时的意念。而意念自身又无非是我们心灵的照海灯偶然照到实在的海里的一波一浪或一岛一屿。文字语言本身又是不完善的工具，再加之我们运用驾驭力的薄弱，所以文字的表现很难得是勉强可以满足的。我们随便翻开哪一本书，随便听人讲话，就可以发现各式各样的文字障，与语言习惯障，所以既然我们自己用语言文字来表现内心的现象已经至多不过勉强的适用，我们如何可以期望满心只是文字障与语言习惯障的他人，能从呆板的符号里领悟到我们一时神感的意念。佛教所以有禅宗一派，以不言传道，是很可寻味的——达摩面壁十年，就在解脱文字障直接明心见道的工夫。现在的所谓教育尤其是离本更远，即使教育的材料最初是有多少活的成分，但经了几度的转换，无意识的传授，只能变成死的训条——穆勒约翰说的"Dead dogma"不是"living idea"。我个人所以根本不信任人为的教育能有多大的价值，对于人生少有影响不用说，就是认为灌输知识的方法，照现有的教育看来，也免不了硬而且蠢的机械性。

但反过来说，既然人生只是表现，而语言文字又是人类进化到现在比较的最适用的工具，我们明知语言文字如同政府与结婚一样是一件不可免的没奈何事，或如尼采说的是"人心的牢狱"，我们还是免不了他。我们只能想法使他增加适用性，不能抛弃了不管。我们只能做两部分的工夫：一方面消极的防止文字障语言习惯障的影响；一方面积极的体验心灵的活动，极谨慎的极严格的在我们能运用的字类里选出比较的最确切最明了最无疑义的代表。

这就是我们应该应用"自觉的努力"的一个方向。你们知道法国有个大文学家弗洛贝尔，他有一个信仰，以为一个特异的意念只有一个特异的字或字句可以表现，所以他一辈子艰苦卓绝的从事文学的日子，只是在寻求唯一适当的字句来代表唯一相当的意念。他往往不吃饭不睡，呆呆的独自坐着，绞着脑筋的想，想寻出他称心惬意的表现，有时他烦恼极了，甚至想自杀，往往想出了神，几天写不成一句句子。试想象他那样伟大的天才，那样丰富的学识，尚且要下这样的苦工，方才制成不朽的文学，我们看了他的榜样不应该感动吗？

不要说下笔写，就是平常说话，我们也应有相当的用心——一句话可以泄露你心灵的浅薄，一句话可以证明你自觉的努力，一句话可以表示你思想的糊涂，一句话可以留下

落叶·秋

永久的印象。这不是说说话要漂亮，要流利，要有修词的工夫，那都是不重要的：最重要的是对内心意念的忠实，与适当的表现。固然有了清明的思想，方能有清明的语言，但表现的忠实，与不苟且运用文字的决心，也就有纠正松懈的思想与惊醒心灵的功效。

我们知道说话是表现个性极重要的方法，生活既然是一个整体的艺术，说话当然是这艺术里的重要部分。极高的工夫往往可以从极小的起点做去，我们实现生命的理想，也未始不可从注意说话做起。

政治生活与王家三阿嫂

　　我这篇《政治生活与王家三阿嫂》是去年冬天在硖石东山脚下独居时写的。那时张君劢他们要办一个月刊，问我要稿子，我就把这篇与另外两篇一起交给了他。那是我的老实。那月刊定名叫《理想》。理想就活该永远出不了版！我看他们成立会的会员名字至少有四五十个。都是"理想"会员！但是一天一天又一天，理想总是出不了娘胎，我疑心老实交过稿子去的就只我。后来我看情形不很像样，所谓理想会员们都像是放平在炉火前地毯上打呼的猫——我独自站在屋檐上竖起一根小尾巴生气也犯不着。理想想没了；竟许本来就没有来。伤心！我就问收稿人还我的血本。他没有理我。我催他不作声，我逼他不开口。本来这几篇零星文字是一文不值的，这一来我倒反而舍不得拿回了。好容易，好容易，原稿奉还。我猜想从此理想月刊的稿件抽屉可以另作别用了。理想早就埋葬了。

　　昨天在北海见着伏庐，他问我要东西，我说新作的全有

落叶·秋

主儿了，未来的也定出了，有的只是陈年老古董。他说好，旧的也可以将就，只要加上一点新注解就成。我回家来把这篇古董校看了一遍，叹了一声气。这气叹得有道理的。你想一年前英国政治是怎样，现在又是怎样；我写文的时候麦克唐诺尔德还不曾组阁，现在他已经退阁了；那时包尔温让人家讥评得体无完肤，现在他又回来做老总了。他们两个人的进退并不怎样要紧，但他们各人代表的思想与政策却是可注意的。"麦克"不仅有思想，他也有理想；不仅有才干，他也有胆量。他很想打破说谎的外交，建设真纯的国际友谊。他的理想也许就是他这回失败的原因，他对我们中国国民的诚意，就一件事就看出来。庚子赔款委员会里面他特聘在野的两个名人，狄更生与罗素。这一点就够得上交情。现在坏了（参看现代评论第二期），包首相容不得思想与理想，管不到什么国际感情。赔款是英国人的钱，即使退给中国也只能算是英国人到中国来化钱；英国人的利益与势力首先要紧，英国人便宜了，中国人当然沾光。听说他们已经定了两种用途：一是扬子江流域的实业发展（铁路等等）及实业教育，一是传教。我们当然不胜感激涕零之至！亏他们替我们设想得这样周到！发展实业意思是饱暖我们的肉体，补助传道意思是饱暖我们的灵魂。

所以难怪悲观者的悲观。难得这里那里透了一丝一线的光明，一转眼又没了。狄更生先生每回给我来信总有悲惨的话，这回他很关切我们的战祸，但也不知怎的，他总以为东方人，尤其是中国人，比较总是有希望的，他对我们还不曾绝望！欧洲总是难，他竟望不见平安的那一天，他说也许有那一天，但他自己及身（他今年六十三四）总是看不见的了。狄更生先生替人类难受，我们替他难受。罗素何尝不替人类难受，他也悲观；但他比狄更生便宜些，他会冷笑，他的讥讽是他针砭人类的利器。这回他给我的信上有一句冷话——I am amused at the progress of Christianity in China. 基督教在中国的进步真快呀！下去更有希望了，英国教会有了赔款帮忙，教士们的烟土披里纯那得不益发的灿烂起来！别说基督将军、基督总长，将来基督酱油基督麻油基督这样基督那样花样多着哪，我们等着看吧。

所以我方才校看这篇文字，不由的叹了一声长气，时间里的"爱伦内"真多着哩！这一段话与本文并没有多大关系，随笔写来当一个冒头就是。

十三年十二月二十六日

一

从前西方一位老前辈说，"人是一个政治的动物"；好比麻雀会得做窝，蚂蚁会得造桥，人会得造社会，建设政治。这是一个有名的"人的定义"。那位老前辈的本乡，是个小小的城子，周围不过十里，人口不过十万，而且这十万人里，真正的"市民"不过四分之一，其余不是奴隶，便是客民。但他们却真是所谓"政治的动物"；凭他们造社会与建筑政治的天才，和着地理与地势的利便，他们在几千年前，在现代欧美文明没有出娘胎以前，已经为未来政治的（现在不说文艺的或科学的）人类定下了一个最完善的模型，一个理想

落叶·秋

的标准，也可以说是标准的理想——实行的民主政治，或是实现的"共和国"。我们现在不来讨论他们当时的奴隶问题；我们只在想像中羡慕他们政治的幸福，羡慕他们那座支配社会生活的机器的完美，运转是敏捷的，管理是简单的，出货是干净的——而且又是何等的美观！我们如其借用童话里的那个神奇的玻璃球来看，我们就可以在二千年前时间的灰堆里，掏出他们当时最有趣味的生活的活动写真。我们来看看这西洋镜的玩艺。天气约略是江南的五月初，黄梅渐已经过去，南风吹得暖暖的，穿单衣不冷，穿夹衣也不热。他们是终年如此的，真是"四时常春，风和日丽"，雨水都不常有的，所以他们公共会所如议会剧场市场都是秃顶没有盖的。城子中央是一个高冈，天生成花冈石打底的高阜，这上面留有人类的一个大纪念：最高明的建筑，最高明的石刻，最高明的美术都在这里；最高明的立法与行政的会场也在这里；最高明的戏剧与最伟大最壮观的剧场也在这里；最高明的哲学家，政治家，艺术家，诗人的踪迹也常在这里。路上行人，很少戴帽的，有穿草鞋式的鞋的，有赤脚的，身上至多裹一块方形的布当衣裳，往往一双臂腿袒露在外，有从市场回家的，有到前辈家里去领教学问的，有到体育场去掷铁饼或赛跑的，有到公共浴所去用雕花水瓶浇身的，有到（如其是春天，春天是节会与共乐的时候）大戏场上去占坐位的，有到某剃头店或某铜匠店铺子里去找朋友闲谈的，有出城去到河沿树荫下散步的，有到高冈上观览美术的，有到亲或家去的妇女，前后随从有无数男女仆役的，有应召的歌女，身披彩衣手弄弦琴的，有新来客民穿着异样的暖装的，有乡下来的农夫与牧童背着遮太阳的大箬笠，掮着赶牲畜的长竿，或是抗着新采的榨油用的橄榄果与橄榄叶（他们不懂得咬生橄榄，广东乡下听说到现在还是不会吃青果的！）一个个都像从画图上走下来的……这一群阔额角，阔肩膀，高鼻子，高身材的人类，在这个小小的城子里，熙熙的乐生，活泼，愉快，闲暇，艺术是他们的天性，政治是他们的本能——他们的躯壳已经几度的成灰成泥，但是他们的精神，却是和他们花冈石的离冈一样的不可磨灭；像衣琴海上的薰风，永远含有鼓舞新生命的秘密。

　　这不是演说乌托邦，这是实有的史迹。那小城子便是雅典，这人民便是古希腊人，说人是政治的动物的，便是亚里士多德。他们当时凡是市民（即除外奴隶与客民）都可以出席议会，参与政治，起造不朽的巴戴廊（Parthenon）是群众决议的；举菲地亚士（Phidias）做主任是群众决议的；筹画打波斯的海军政策是群众决议的；举米梯亚士做将军是群众决议的。这群众便是全城的公民，有钱的与穷人，做官的与做工的，经商的与学问家，剃头匠与打铁匠，法官与裁缝，苏格拉底斯与阿理士道文尼斯，沙福克利上与衣司沟拉士，柏拉图与绥克士诺丰……都是组成这独一的共和政治的平等的分子。政治是他们的生活，是他们的共同的职业，是他们闲谈的资料，是他们有趣的训练。所以不论是在露天的议会里列席，不论是在杂货铺门口闲话，不论是在客厅里倦倚在榻上饮酒杂谈，不论是在某前辈私宅的方天井里徘徊着讨论学识，不论是在法庭上听苏格拉底士的审判，不论是在大剧场听戏拿橘子皮或无花果去掷台上不到家的演员（他们喝倒

落叶·秋

彩的办法），不论是在美术厅里参观菲地亚士最近的杰作，不论是在城外青枫树荫下溪水里濯足时（苏格拉底士最爱的）的诙谐——他们的精神是一致的，是乐生的，是建设的，是政治的。

二

但这是已往的希腊，我们只能如孔子所谓心向往之了。至于现代的政治，不论是国内的与国际的，都不是叫人起兴的题目。我们东方人尤其是可怜，任清朝也好，明朝也好，政治的中国人（最近连文学与艺术的中国人都是）只是一只串把戏的猴子，随它如何伶俐，如何会模仿，如何像人，猴子终究猴子，不是人，也许它会得穿起大褂子来坐在沙发椅上使用杯匙吃饭，就使它自己是正经的，旁观的总觉得滑稽好笑。根本一句话，因为这种习惯不是野畜生的习惯，它根性里没有这种习惯的影子，也许凭人力选择的科学与耐心，在理论上可以完全变化猴子的气质，但这不是十年八年的事，明白人都明白的。

不但东方人的政治，就是欧美的政治，真可以上评坛的能有多少。德国人太蠢，太机械性；法国人太淫，什么事都任性干去，不过度不肯休；南欧人太乱，只要每年莱因河两岸的葡萄丰收。拉丁民族的头脑永没有清明的日子；美国人太陋，多数的饰制与多数的愚暗，至多只能造成一个"感情作用的民主政治"（Sentimental Democracy）。此外更不必说了。比较像样的，只有英国。英国人可称是现代的政治民族，这是大家都知道的。英国人的政治，好比白蚁蛀柱石一样，一直啮入他们生活的根里，在他们（这一点与当初的雅典多少相似），政治不但与日常生活有极切根显的关系，我们可以说政治便是他们的生活，"鱼相忘乎江湖"，英国人是相忘乎政治的。英国人是"自由"的，但不是激烈的；是保守的，但不是顽固的。自由与保守并不是冲突的，这是造成他们政治生活的两个原则；唯其是自由而不是激烈，所以历史上并没有大流血的痕迹（如大陆诸国），而却有革命的实在，唯其是保守而不是顽固，所以虽则"不为天下先"，而却没有化石性的僵。但这类形容词的泛论，究竟是不着边际的，我们只要看他们实际的生活，就知道英国人是不是天生的政治的动物。我们初从美国到英国去的，最浅显的一个感想，是英国虽则有一个册名国王，而其实他们所实现的民主政治的条件，却远在大叫大擂的美国人之上——英国人自己却是不以为奇的。我们只要看一两桩相对的情形。美国人对付社会党的手段，与乡下老太婆对付养媳妇一样的惨酷，一样的好笑。但是我们到礼拜日上午英国的公共场地上去看看：在每处广场上东一堆西一堆的人群，不是打拳头卖膏药，也不是变戏法，是各种的宣传性质的演说。天主教与统一教与清教；保守党与自由党与劳工党；赞成政府某政策与反对政府某政策的；禁酒令与威士克公司；自由恋爱与鲍尔雪微主义与救世军；——总之种种相反的见解，可以在同一的场地上对同一的群众举行宣传运动；无论演讲者的论调怎样激烈，在旁的警察对他负有生命与安全与言论自由的责任，他们决不干涉。有一次萧伯纳（四十年前）站在一只肥皂木箱上冒着倾盆大雨在那

落叶·秋

· 51 ·

里演说社会主义，最后他的听众只剩了三四个穿雨衣的巡士！

这是他们政治生活的一斑，但这还是最浅显的。政治简直是他们的家常便饭，政府里当权的人名是他们不论上中下那一级的口头禅。每天中下人家吃夜饭时老子与娘与儿女与来客讨论的是政治，每天智识阶级吃下午茶的时候，抽着烟斗，咬着牛油面包的时候谈的是政治；每晚街角上酒店里酒鬼的高声的叫嚷——鲁意乔治应该到地狱去！阿斯葵斯活该倒运！等等——十有八九是政治。（烟酒加了税，烟鬼酒鬼就不愿意。）每天乡村里工人的太太们站在路口闲话，也往往是政治（比如他们男子停了工，为的是某某爵士在议会里的某主张）。政治的精液已经和入他们脉管里的血流。

我在英国的时候，工党领袖麦克唐诺尔，在伦敦附近一个选区叫做乌立克的做候补员，他的对头是一个政府党，大战时的一个军官，麦氏是主张和平的，他在战时有一次演说时脑袋都叫人打破。有一天我跟了赖世基夫人（Mrs.HaroldJ. Laski）起了一个大早到那个选区去代麦氏"张罗"（Canvassing）（就是去探探选民的口气，有游说余地的，就说几句话，并且预先估计得失机会）。我那一次得了极有趣味的经验，此后我才深信英国人政治的训练的确是不容易几及的。我们至少敲了二百多家的门（那一时麦氏衣襟上戴着红花坐着汽车到处的奔走，演说），应门的有男有女，有老有小，但他们应答的话多少都有些分寸，大都是老练，镇静，有见地的。那边的选民，很多是在乌立克兵工厂里做工过活的，教育程度多是很低的，而且那年是第一次实行妇女选举权，所以我益发惊讶他们政治程度之高。只有一两家比较的不讲理的妇人，开出门来脸上就不戴好看的颜色，一听说我们是替工党张罗的，爽性把脸子沉了下来，把门嘭的关上了。但大概都是和气的，很多说我们自有主张，请你们不必费心，有的狠情愿与我们闲谈，问这样问那样。有一家有一个烂眼睛的妇人，见我们走过了，对她们邻居说（我自己听见）"你看，怪不得人家说麦克唐诺尔是卖国贼，这不是他利用'剧泼'（Jap 即日本鬼意）来替他张罗！"

<h1 style="text-align:center">三</h1>

这一次英国的政治上，又发生极生动的变相。安置失业问题，近来成为英国政府的唯一问题。因失业问题涉及贸易政策，引起历史上屡现不一的争论，自由贸易与保护税政策。保守党与自由党，又为了一个显明的政见的不同，站在相对地位；原来分裂的自由党，重复团圆，阿斯葵斯与鲁意乔治，重复亲吻修好，一致对敌。总选举的结果，也给了劳工党不少的刺激，益发鼓动他们几年来蕴涵着的理想。我好久不看英国报了，这次偶然翻阅，只觉得那边无限的生趣，益发对比出此地的陋与闷，最有趣的是一位戏剧家（A.A. Milne）的一篇讥讽文章，很活现的写出英国人政治活动的方法与状态，我自己看得笑不可仰，所以把他翻译过来，这也是引起我写这篇文字的一个原因。我以为一个国总要像从前的雅典，或是现在的英国一样，不说有智识阶级，就这次等阶级社会的妇女，王家三阿嫂与李家四大妈等等，都感觉到政治的兴味，都想强勉他们的理解力，来讨论现实的政治问题。那时

落叶·秋

才可以算是有资格试验民主政治，那时我们才可以希望"卖野人头"的革命大家与做统一梦的武人归他们原来的本位，凭着心智的清明来清理政治的生活。这日子也许很远，但希望好总不是罪过。

保守党的统一联合会，为这次保护税的问题，出了一本小册子，叫做《隔着一垛园墙》（"Over the Garden Wall"），里面是两位女太太的谈话，假定说是王家三阿嫂与李家四大妈。三阿嫂是保守党，她把为什么要保护贸易的道理讲给四大妈听，末了四大妈居然听懂了。那位滑稽的密尔商先生就借用这个题目，做了一篇短文，登在十二月一日的《伦敦国民报》——The Nation and the Athenaeum——里，挖苦保守党这种宣传方法，下面是翻译。

她们是紧邻；因为她们后园的墙头很低，她们常常可以隔着园墙谈天。你们也许不明白她们在这样的冷天，在园里有什么事情干，但是你不要忙，她们在园里是有道理的。这分明是礼拜一，那天李家四大妈刚正洗完了衣服，在园里挂上晒绳去。王家三阿太，我猜起来，也在园里把要洗的衣服包好了，预备送到洗衣作里去的。三阿太分明是家境好些的。我猜想她家里是有女佣人的，所以她会有工夫去到联合会专为妇女们的演讲会去到会，然后回家来再把听来的新闻隔着园墙讲给四大妈听，四大妈自己看家，没有工夫到会。大冷天站在园里当然是不会暖和的，并且还要解释这样回答那样，隔壁那位太太正在忙着洗衣服，她自己头颈上围着她的海獭皮围巾；但是我想像三阿太站在那里，一定不时的哈气着她冻冷的手指，并且心里还在抱怨四大妈的家境太低；或是她自己的太高，否则，她们倒可以舒舒服服，坐在这家或是那家的灶间里讲话，省得在露天冒风着冷。但是这可不成功。上帝保佑统一党，让邻居保留她名分的地位。李家四大妈有一个可笑的主意（我不知道她那里来的，因为她从不出门），她以为在这个国度里，要是实行了保护政策，各样东面一定要贵，我料想假如三阿太有这样勇气，老实对她说不是的，保护税倒反而可以使东西着实便宜，那时四大妈一定一面从她口里取出一只木钉，把她男人的衬裤别在绳子上，一面回答三阿太说"噢那就好了"，下回她要去投票，她准投统一党了；这样国家就有救了。但是在这样的天气站在园子里，不由得三阿太或是任何人挫气。三阿太哈着她的手指，她决意不冒险。她情愿把开会的情形从头至尾讲一个清楚。东西是不会得认真的便宜多少，但是——呃，你听了就明白了。

我恐怕她过于自信了。

所以三阿太就开头讲，她说外国来的工人，比我们自己的便宜，因为工会（"可不是！"她急急的接着说）一定要求公平的工资，短少的工作时间，以及工厂里的种种设备——她忽然不说下去了，心里在迟疑不知道说对了没有。四大妈转过身子去，这一会儿她像是要开口问什么蠢话似的；可是并不。她转过身去，也就把她小儿子亨利的衬裤，从衣篮里拿了出来。一面王三阿太立定主意把在保护政策的国家的工资，工时，工厂设备等等暂时放开不提，她单是说国家是要采用了保护政策，她们的出货一定便宜得多。结果怎么样呢。"你同我以及所有做工的妇人临到买东西的时候，就拣顶便宜

落叶·秋

的买，再也不想想——意思说是买外国货。""不一定不想。"四大妈确定的说。三阿太老实说她的小册子上是什么说。照书上写着，四大妈在这里是不应得插嘴的。这一路的解说都是不容易的。总选举要是在夏天多好！在这样大冷天叫谁用心去？这段话也不容易讲不是？但是她最末了的那句话，至少是没有错儿；这不是在小册子上明明的印着："你与我以及所有做工的妇人都拣到最便宜的东西买再也不想想。"再也不想想，真是的！一个做工的妇人临到买东西不想想，还叫她想什么去？

那是闲话，再来正经，四大妈还不明白大家要是尽买便宜的外国货，结果便怎样。她要是真不明白，让她别害怕，老实的说就是。三阿太是妇女工会里的会员，她最愿意讲解给她听。

四大妈懂得。结果货物的价钱愈落愈低。

三阿太又着急的翻开了那本小册子来对，但是这一次四大妈的答话没有错。现在来打她一下。

"不，四大妈，平常人的想法就错在这儿。市上要是只有便宜的外国货，我们就没有得钱去买东西，因为我们的丈夫就要没有事情做，攒不了钱了。"四大妈是打倒了。不，她并不是。她亮着嗓音说她的丈夫还是有事情做并没有失业。这女人多麻烦！她的男人是怎么回事？小册子里并没有提起他。三阿太只当做没有听见男人不男人，只当她说（她应该那么说，要是她知道小册子上是这样的派定她），"你倒讲一讲里面的道理给我听听"，三阿太抽了一口长气，讲给她听了。"要是我们都买外国货，那就没有人去买英国本国工人做的东西了；既然没有人买，也就没有人做了，这不是工作少了，我们自己大部分的工人就没有事情做了；这不是我们化了钱让德国法国美国的工人吃得饱饱赚得满满的，我们自己人倒是失了业，捱饿。可不是！这你没有法子反驳了不是？"

还是不一定。四大妈转过身来说，"你说什么，我的乖？"这一来三阿太可是真不愿意了。她说"噢嘿！"这不是小册子上规定的，但方才不多一忽儿四大妈曾经叹了一声完完全全的"哼呼！"三阿太心里想（我想她想得对的）在这种情形之下，她也应分来一个"噢嘿！"

"你说什么来了？乖呀？这风吹过衣服来把我的头都蒙住了。我像是听你说什么做工。你也说天冷，是不是你哪？天这么冷，你又没有事做，何必跑到园里来冒凉呢。"三阿太顿她的脚。

"有的是。我分该跑出来，把统一党的保护政策的道理讲给你听。我说'只要你耐心的听一忽儿，我就简简单单的把这件事讲给你听。'可是你又不耐心听，你应该是这么说的：——'可不是，三阿太！够明白了。你这么一讲，我全懂得了。'可是你又没有那么说！你倒反而尽在叫着我乖呀，乖呀。我也说，'所以顶好是去做一个统一党联合会的女会员，去到她们的会里，你瞧！什么事你都明白得了。在那儿！我自己就亏到了会才明白。'我全懂得怎么样！我们要是一加关税，外国货就不容易进来，我们自己的劳工就受了保护不是？"

"再说他们要是进来，就替我们完税，我们还得让自己属

落叶·秋

地澳大利亚洲的进口货不出钱，省得自己抢自己的市场；还有什么'报复主义'，这就是说外国货收税，保护了自己的工人，替我们完了税，奖励了帝国的商业，这就可以利用来威吓外国。我全懂得，顶明白——可是你现在只叫着我乖呀，乖呀，一面我冷得冻冰，我本没有人家那么强壮，我想这真是不公平。"她眼泪都出来了。"得了，得了，我的乖！"四大妈说。"你快进屋子去，好好的喝一杯热茶。……喔，我说我就有一句话要问你。"

"不要太难了，"三阿太哽咽着说。"别急，乖呀。我就不懂得为什么他们叫做统一党党员？"三阿太赶紧跑回她的灶间去了。

四

王家三阿太是已经逃回她的暖和的灶间去了；李家四大妈也许还在园里收拾她的衣服，始终没有想通什么叫做统一党，也没有想清楚保护究竟是便宜还是吃亏，也没有明白这么大冷天隔壁三阿太又不晒衣服，冒着风站在园里为的是什么事……这都是不相干的，我们可以不管。这篇短文，是一篇绝妙的嘲讽文章，刻薄尽致，诙谐亦尽致，他在一二千个字里面，把英国中下级妇女初次参与政治的头脑与心理以及她们实际的生活，整个儿极活现的写了出来。王家三阿太分明比她的邻居高明得多，她很要争气，很想替统一党（她的党）尽力，凭着一本小册子的法宝，想说服她的比邻，替统一党要多挣几张票。但是这些政治经济政策以及政党张罗的玩意儿，三阿太究竟懂得不懂得，她自己都不敢过分的相信——所以结果她只得逃回去烤火！

这种情形是实在有的。我们尽管可怜三阿太的劳而无功，尽管笑话四大妈的冥顽不灵，但如果政治的中国能够进化到量米烧饭的平民都有一天感觉到政治与自身的关系，也会得仰起头来，像四大妈一样，问一问究竟统一党联合会是什么意思，——我想那时我们的政治家与教育家（果真要是他们的功劳）就不妨着实挺一挺眉毛了。

落叶·秋

守旧与"玩"旧

一

　　走路有两个走法：一个是跟前面人走，信任他是认识路的；一个是走自己的路，相信你自己有能力认识路的。谨慎的人往往太不信任他自己；有胆量人往往过分信任他自己。为便利计，我们不妨把第一种办法叫作古典派或旧派；第二种办法叫作浪漫派或新派。在文学上，在艺术上，在一般思想上，在一般做人的态度上，我们都可以看出这样一个分别，这两种办法的本身，在我看来，并没有什么好坏；这只是个先天性情上或后天嗜好上的一个区别；你也许夸他自己寻路的有勇气，但同时就有人骂他狂妄；你也许骂跟在人家背后的人寒伧，但同时就有人夸他稳健。应得留神的就只一点：就只那个"信"字是少不得的，古典派或旧派就得相信——完全相信——领他路的那个人是对的，浪漫派或新派就得相信——完全相信——他自己是对的，没有这点子原始的信心，不论你跟人走，或是你自己领自己，走出道理来的机会就不见得多，因为你随时有叫你心里的怀疑打断兴会的可能；并且即使你走着了也不算希奇，因为那是碰巧，与打中白鸽票的差不多。

二

在思想上抱住古代直下来的几根大柱子的，我们叫作旧派。这手势本身并不怎样的可笑，但我们却盼望他自己确凿的信得过那几条柱子是不会倒的。并且我们不妨进一步假定上代传下来的确有几根靠得住的柱子，随你叫它纲，叫它常，礼或是教，爱什么就什么，但同时因为在事实上有了真的便有假的，那几根真靠得住的柱子的中间就夹着了加倍加倍的幻柱子，不生根的，靠不住的，假的。你要是抱错了柱子，把假的认作真的，结果你就不免伊索寓言里那条笨狗的命运：他把肉骨头在水里的影子认是真的，差一点叫水淹了它的狗命。但就是那狗，虽则笨，虽则可笑，至少还有它诚实的德性：它的确相信那河里的骨头影子是一条真骨头。假如，譬方说，伊索那条狗曾经受过现代文明教育，那就是说学会了骗人上当，明知道水里的不是真骨头，却偏偏装出正经而且大量的样子，示意与他一同站在桥上的狗朋友们，他们碰巧是不受教育的，因此容易上人当，叫他们跳下水去吃肉骨头影子，它自己倒反站在旁边看趣剧作乐，那时我们对它的举动能否拍掌，对它的态度与存心能否容许？

落叶·秋

三

　　寓言是给有想像力并且有天生幽默的人们看的，它内中的比喻是"不伤道"的；在寓言与童话里——我们竟不妨加一句在事实上——就有许多畜生比普通人们——如其我们没有一个时候忘得了人是宇宙的中心与一切的标准——更有道德，更诚实，更有义气，更有趣味，更像人！

四

　　上面说完了原则，使用了比方，现在要应用了。在应用之先，我得介绍我说这番话的缘由。孤桐在他的《再疏解辂义》——甲寅周刊第十七期——里有下面几节文章——

　　……凡一社会能同维秩序。各长养子孙，利害不同，而游刃有余，贤不肖浑淆而无过不及之大差，雍容演化，即于繁祉，共游一藩，不为天下裂，必有共同信念以为之基，基立而构兴，则相与饮食焉，男女焉，教化焉，事为焉，涂虽万殊，要归于一者也。兹信念者，亦期于有而已，固不必持绝对之念，本逻辑之律，以绳其为善为恶，或衷于理与否也。……（圈是原有的也是我要特加的。摩。）

　　……此诚世道之大忧，而深识怀仁之士所难熟视无睹者也。笃而论之，如耶教者，其礴陋焉得言无，然天下之大。大抵上智少而中才多，宇宙之谜，既未可以尽明，因葆其不可明者，养人敬畏之心，取使彝伦之叙，乃为忧世者意念之所必至，故神道设教，圣人不得已而为之。固不容于其义理，详加论议也。

……过此以往，稍稍还醇返朴，乃情势之所必然；此为群化消长之常，甲无所谓进化，乙亦无所谓退化，与愚曩举释义，盖有合焉。夫吾国亦苦社会公同信念之摇落也甚矣，旧者悉毁而新者未生，后生徒恃己意所能判断者，自立准裁，大道之忧，孰甚于是，愚为此惧。论入怀己，趣申本义，昧时之讥，所不敢辞。

五

孤桐这次论的是美国田芮西州新近喧传的那件大案；与他的"辇义有合"的是判决那案件的法官们所代表的态度，就是特举的说，不承认我们人的祖宗与猴子的祖宗是同源的，因为《圣经》上不是这么说，并且这是最污辱人类尊严的一种邪说。关于孤桐先生论这件事的批评，我这里暂且不管，虽则我盼望有人管，因为他那文里叙述兼论断的一段话并不给我他对于任何一造有真切了解的印象。我现在要管的是孤桐在这篇文章里泄露给我们他自己思想的基本态度。

自分是"根器浅薄之流"，我向来不敢对现代"思想界的权威者"的思想存挑战的妄念，甲寅记者先生的议论与主张，就我见得到看得懂的说，很多是我不敢苟同的，但我这一晌只是忍着不说话。

同时我对于现代言论界里有孤桐这样一位人物的事实，

落叶·秋

我到如今为止，认为不仅有趣味，而且值得欢迎的。因为在事实上得着得力的朋友固然不是偶然；寻着相当的敌手也是极难得的机会。前几年的所谓新思潮只是在无抵抗性的空间里流着；这不是"新人们"的幸运，这应分是他们的悲哀，因为打架大部分的乐趣，认真的说，就在与你相当的对敌切实较量身手的事实里：你揪他的头发，他回揪你的头毛，你腾空再去扼他的咽喉，制他的死命，那才是引起你酣兴的办法；这暴烈的冲突是快乐，假如你的力量都化在无反应性的空气里，那有什么意思？早年国内旧派的思想太没有它的保护人了，太没有战斗的准备，退让得太荒谬了；林琴南只比了一个手势就叫敌营的叫嚣吓了回去。新派的拳头始终不曾打着重实的对象；我个人一时间还猜想旧派竟许永远不会有对垒的能耐。但是不，甲寅周刊出世了，它那势力，至少就销数论，似乎超过了现行任何同性质的期刊物。我对于孤桐一向就存十二分敬意的，虽则明知在思想上他与我——如其我配与他对称这一次——完全是不同道的。这敬仰他因为他是个合格的敌人。在他身上，我常常想，我们至少认识了一个不苟且、负责任的作者，在他的文字里，我们至少看着了旧派思想部分的表现。有组织的根据论辩的表现。有肉有筋有骨的拳头，不再是林琴南一流棉花般的拳头了；在他的思想里，我们看了一个中国传统精神的秉承者，牢牢的抱住几条大纲，几则经义，决心在"邪说横行"的时代里替往古争回一个地盘；在他严刻的批评里新派觉悟了许多一向不曾省察到的虚陷与弱点。不，我们没有权利，没有推托，来蔑视这样一个认真的敌人，我常常这想，即使我们有时在他卖弄他的整套家数时，看出不少可笑的台步与累赘的空架。每回我想着了安诺尔德说牛津是"败绩的主义的老家"，我便想象到一轮同样自傲的彩晕围绕在甲寅周刊的头顶；这一比量下来，我们这方倚仗人多的势力倒反吃了一个幽默上的亏输！不，假如我的祈祷有效力时，我第一就希冀甲寅周刊所代表的精神"亿万斯年"！

六

因为两极端往往有碰头的可能。在哲学上，最新的唯实主义与最老的唯心主义发现了彼此是紧邻的密切；在文学上，最极端的浪漫派作家往往暗合古典派的模型；在一般思想上，最激进的也往往与最保守的有联合防御的时候。这不是偶然，这里面有深刻的消息。"时代有不同"，诗人勃兰克说，"但天才永远站在时代的上面"。"运动有不同"，英国一个艺术批评家说，"但传统精神是绵延的"。正因为所有思想最后的目的就在发见根本的评价标源，最浪漫（那就是最向个性里来）的心灵的冒险往往只是发见真理的一个新式的方式，虽则它那本质与最旧的方式所包容的不能有可称量的分别。一个时代的特征，虽则有，毕竟是暂时的，浮面的；这只是大海里波浪的动荡，它那渊深的本体是不受影响的；只要你有胆量与力量没透这时代的掀涌的上层你就淹入了静定的传统的底质。要能探险得到这变的底里的不变，那才是攫着了骊龙的领下珠，那才是勇敢的思想者最后的荣耀。旧派人不离口的那个"道"字，依我浅见，应从这样的讲法，才说得通，说

落叶·秋

得懂。

七

孤桐这回还有顶谨慎的捧出他的"大道"的字样来作他文章的后镇，"大道之忧，孰甚于是？"但是这回我自认我对于孤桐，不仅他的大道，并且他思想的基本态度，根本的失望了！而且这失望在我是一种深刻的幻灭的苦痛。美丽的安琪儿的腿，这样看来，原来是泥做的！请看下文。

我举发孤桐先生思想上没有基本信念。我再重复我上面引语加圈的几句："……兹信念者亦期于有而已，固不必持绝对之念，本逻辑之律，以绳其为善为恶，或衷于理与否也。"所有唯心主义或理想主义的力量与灵感就在肯定它那基本信念的绝对性；历史上所有殉道、殉教、殉主义的往例，无非那几个个人在确信他们那信仰的绝对性的真切与热奋中，他们的考量便完全超轶了小己的利益观念，欣欣的为他们各人心目中特定的"恋爱"上十字架，进火焰，登断头台，服毒剂，尝刀锋。假如他们——不论是耶稣，是圣保罗，是贞德；勃罗诺，罗兰夫人，或是甚至苏格腊底斯——假如他们各个人当初曾经有刹那间会悟到孤桐的达观："固不必持绝对之念"，那在他们就等于彻底的怀疑，如何还能有勇气来完成他们各人的使命？

但孤桐已经自认他只是一个"实际政家"，他的职司，用他自己的辞令，是在"操剥复之机，妙调和之用"，这来我们其实"又何能深怪"？上当只是我自己。"我的腿是泥塑的"，安琪儿自己在那里说，本来用不着我们去发见。一个"实际政家"往往就是一个"投机政家"，正因他所见的只是当时与暂时的利害，在他的口里与笔下，一切主义与原则都失却了根本的与绝对的意义与价值，却只是为某种特定作用而姑妄言之的一套，背后本来没有什么思想的诚实，面前也没有什么理想的光彩。"作者手里的题目"，阿诺尔德说，"如其没有贯彻他的，他一定做不好：谁要不能独立的运思，他就不会被一个题目所贯彻。"（Matthew Arnold: Preface to Merope）如今在孤桐的文章里，我们凭良心说，能否寻出些微"贯彻"的痕迹，能否发见些微思想的独立？

八

一个自己没有基本信仰的人，不论他是新是旧，不但没权利充任思想的领袖，并且不能在思想界里占任何的位置；正因为思想本身是独立的，纯粹性的，不含任何作用的，他那动机，我前面说过，是在重新审定，劈去时代的浮动性，一切评价的标准。与孤桐所谓第二者（即实际政家）之用心："操剥复之机，妙调和之用"，根本没有关连。一个"实际政家"的言论只能当作一个"实际政家"的言论看他所浮泅的地域，只在时代浮动性的上层！他的维新，如其他是维新，并不是根基于独见的信念，为的只是实际的便利；他的守旧，如其他是守旧，他也不是根基于传统精神的贯彻，为的也只是实际的便利。这样一个人的态度实际上说不上"维"，也说不上"守"，他只是"玩"！一个人的弊病往往是

落叶·秋

在夸张过分；一个"实际政家"也自有他的地位，自有他言论的领域，他就不该侵入纯粹思想的范围，他尤其不该指着他自己明知是不定靠得住的柱子说"这是靠得住的，你们尽管抱去"，或是——再引喻伊索的狗——明知水里的肉骨头是虚影——因为他自己没有信念——却还怂恿桥上的狗友去跳水，那时他的态度与存心，我想，我们决不能轻易容许了吧！

列宁忌日——谈革命

我这里收到陈毅曲秋先生寄来一篇油印的《纪念列宁》，那是他在列宁学会的谈话稿，开头是：

一、列宁于一九二四年一月二十一日逝世，到了现在恰两周年，值得我们纪念。

二、在这一年中的中国，国内的国民革命运动一天一天的高涨扩大，五卅运动的爆发，反奉战争的胜利，全国驱段要求国民政府的普遍，广东革命政府对内肃清反革命派对外使香港成为荒岛，这些重要事件都是列宁主义在俄国得了胜利后的影响且为所促成。在这重要事件中尤其重要的是工农阶级表现了他的领导国民革命的力量，使一般敌人惊吓恐惧。而他自身更可称述的还在认识了他自己的党——中国共产党。所以他——工农阶级——得在中国共产党指导之下取得国民革命的领导地位。中国共产党是什么？那就是他的领袖列宁生前所训练所指导的第三国际党的中国支部。这支部以列宁主义为武器，这一年间在中国从满洲里到广州使帝国主义损

落叶·秋

失。明白的说帝国主义侵入中国八十多年，到了现在——世界革命领袖列宁逝世之第二年——才受了大打击，至少丧失了一块久为他的殖民地的地盘。

陈先生的，是一个鲜明的列宁主义信徒的论调。他肯定，（一）列宁主义，或第三国际主义，是全世界被压迫民族唯一的希望，打倒帝国主义与资本主义唯一的武器；（二）中国共产党是间接受列宁孵育的；（三）中国共产党是中国农工阶级的党；（四）国内国民革命运动是共产党，就是农工阶级，领袖指挥的；（五）因此，所有我们国民革命运动的成绩，如上文列举的，直接是中国共产党的功劳，间接是俄国革命或列宁自身的灵感。

我们不来争功。睡梦是可怕的，昏迷是可怕的；我们要的是觉悟，是警醒我们的势力。不论是谁，不论是什么力量，只要他能替我们移去压住我们灵性的一块昏沉，能给我们一种新的自我的意识，能启发我们潜伏的天才与力量来做真的创造的工作，建设真的人的生活与活的文化——不论是谁，我们说，我们都拜倒。列宁，基督，洛克佛拉，甘地；耶稣教，拜金主义，悟善社，共产党，三民主义；——什么都行，只要他能替我们实现我们所最需要最想望的——一个重新发见的国魂。灵魂（Soul）是一个便利的名词；它并不一定得包涵神秘的宗教性的意义，那就太窄，它包括的是一切有意识有目的的动作。一个人是有灵性或是有灵魂的，如其他能认识他自己的天资，认识他的使命，凭着他有限的有生的日子，永远不退缩的奋斗着，期望完成他一己生活的意义。同样的，一个民族是有灵魂的，如其它有它的天才与使命的自觉，继续的奋斗着，期望最后那一天，完成它的存在的意义。但觉悟只是一个微妙的开端：一个花籽在春雷动后在泥土里的坼裂：离着有收成的日子，离着花艳艳果垂垂的日子正还远着哪。即使我们听着了泥土里生命消息的松脆的声响，我们正应得增加我们责任的畏惧心；在萌芽透露以后可能的是半途的摧残，危险多的是，除是傻子，谁都不能在这最紧要的关头存一丝放任的乐观心。

"认识你自己"（Know thyself），别看这句话说着容易，这是所有个人努力与民族努力唯一的最后的目标。这是终点，不是起点。这是最后一点甘露，实现玫瑰花的色香的神秘。耶稣钉在十字架上最后的号呼是彻底的自我认识完工的一笔。释迦牟尼在菩提树下的神通也是的。此外在个人的历史里更不易寻出这样一个完全的例子。在先觉中苏格拉底斯，也许，在他法庭上答辩后甘愿服毒的俄顷；在诗人里葛德，也许，在他写成《浮士德》全书的日子，都是他一生性灵生活的供状，可说是几近了那一个最后的境界：认识，实现，圆满。此外都差远了。但这少数人曾经走到或是走近那境界的事实，已经足够建设一个人类努力永久的灵感，在这流动的生的现象里悬着一个不变更不晦色的目标。

在民族的历史里，这种努力的痕迹一样的可以辨认。往古的希腊，罗马，可说在它们各个天限的范围内给我们一个民族的努力开端，发展，乃至收束的一个比较完全的例证。在近代历史里文艺复兴期的意大利，十八世纪中叶至十九世纪中叶的德意志，大彼得起至现在革命中的俄国，可说是比较不完全的例证。单就政治说，英国当然也是一个有意识努

落叶·秋

力的民族。此外都是不甚清楚的了。

但自从马克思的发见以来，最时行的意识论不再是个人，不再是民族，而是阶级的了。阶级，马克思说，是人类有历史以来到处看得见的现象；阶级，按他说，往往分成压迫的与被压迫的两种，这俩永远是在一种战争的状态，有形或是无形。在近代工业主义的社会里，马氏说，阶级化的痕迹更分明，它那进程更急促，它那战争更剧烈。他预言劳工阶级对抗资本阶级最后的胜利；为要促成这革命，先得造成劳工阶级"自我的意识"，这意识便是劳工革命基本的力量。再因为这阶级分野是普遍的现象，是超国别种别的现象，将来最后的革命也必定是普遍性，国际性的。因此提倡国家主义或民族主义，即使不至是劳工革命（它的成功是人类的天国）的汉奸，至少不免妨碍它的发展与进行。因此，我们中国也有了马克思主义党或是列宁主义党或是共产党或是第三国际（都是一样东西），正因为中国与列国一样，不仅也有阶级的分野，并且是压迫的与被压迫阶级的分野。因此，中国的共产党徒所反抗的不仅是外国的帝国主义与外国的资本主义，它也反抗国内的帝国主义与资本主义。

这看来是很明白而且合逻辑的说法。但是正是我们各个国民应得认真想一个清楚的地方，因为革命来的时候是影响我们国民生活的全体的。并且就智理方面说，革命，至少它的第一步工程，当然是牺牲，我们为要完成更伟大的使命我们也当然应得忍受牺牲——但是一个条件我们得假定，就是：我们将来的牺牲一定得是有意识的。为要避免无意识的牺牲，我们国民就不能在思想上躲懒，苟且；我们一定得领起精神来，各个人凭他自己的力量，给现在提倡革命的人们的议论一个彻底的研究，给他们最有力量的口号一个严格的审查，给他们最叫响的主张一个不含糊的评判。

我个人是怀疑马克思阶级说的绝对性的。两边军队打仗的前提是他们各家壁垒的分清；阶级战争也得有这个前提。马克思的革命论的前提是一个纯粹工业主义化的社会，这就是说社会上只有劳工与资本的分别，两边的利害是冲突的，态度是决斗的。他预言中等阶级的消灭。这来工业社会的战场上只有一边是劳工，一边是资本；等到濠沟设备齐全以后劳工这边就可以向资本那边下总攻击令——最后的胜利，他更侧重的预言，当然是劳工的。但至少就近百年看（以后我们不知道），就在马克思时代最工业化的国家，他的预言——资本集中，中等阶级消灭——并不曾灵验。不，资本集中自集中，散放自散放，并且中等阶级的势力，政治的，社会的，甚至道德的，不但不曾消灭，并且更巩固了。唯一实现了革命的地方是俄国，那是在近代强国中工业化程度最浅的一国。俄国的另一个特征是它没有中等阶级（波淇洼），这实在是它革命得势的消息。俄国革命成功的原因固然很多，但这没有中产阶级的事实，当然是重要原因的一个。所以俄国革命虽然有了相当的成功，但不能说是马克思学说所推定的革命；因为俄国的阶级分野不是工业化的结果，不是纯粹经济性的阶级。

至于中国，我想谁都不会否认，阶级的绝对性更说不上了。我们只有职业的阶级士农工商；并且没有固定性；工人的子弟有做官的，农家人有做商的，这中间是不但走得通，

落叶·秋

并且是从不曾间断过。纯粹经济性的阶级分野更看不见了——至少目前还没有。因此在我们的战场上，对垒的军队调齐，战线画清的日子，即使有那一天，也还远得很，在这时候就来谈战略在我看是神经过敏。

但这不是说我们就不应得有革命工作的努力。革命我们当然得积极准备，而且早动手一天更痛快，只是革命有种种不同的革命，目的，手段，完全不同，甚至相冲突的尽有。我是一个孤陋寡闻的人，但新近也常听见什么"国民革命"的呼声。有人告诉我说这是国民党的工作，孙文主义的花果，虽则，我不怕丢脸对你们说，我所知道的孙文主义不比我知道南美洲无花果树的生活状态多。隔天有兴致时，前天我自对自说，何妨拿什么三民主义一类的主张来揣摹揣摹，长长见识也是好的。但这次陈毅先生的话又使我糊涂住了。听他说，仿佛（岂止仿佛）领导指挥我们国民革命的不是国民党，倒是共产党。——"中国共产党是什么，"陈先生说，"那就是他的领袖列宁生前所训练所指导的第三国际党的中国支部。"那也不坏，但这来岂不是我们革命的领袖不是中国籍的孙文或是别人，而是一个俄国人。那原来是，共产党的眼里，据说，只认识阶级，不认识种族，谁要在这种地方挑眼无非泄露他自己见解的浅薄。

但革命的分别依然分明的在着。按我粗浅的想法，就中国论，革命总应得含有全体国民参加的意义；我们要革的事情多着哩，从我们各人穿衣服说话做文章娶亲一类事情革起一直革到狭义的政府，我们要革我们生活里思想里指点得出的恶根性奴性，我们要革一切社会性道德性不公道不自然的状况……反正这革命是直着来的，普及国民生活的全体的。反面说，第三国际式的革命是好比横着去的，它侧重的只是经济的生活，它联络的是别国的同党，换一句说，这共产革命，按我浅薄的推测，不是起源于我们内心的不安，一种灵性的要求，而是盲从一种根据不完全靠得住的学理，在幻想中假设了一个革命的背景，在幻想中想设了一个革命的姿势，在幻想中想望一个永远不可能的境界。这是迂执，这是书呆。

但是再说呢，有革命觉悟的，不问他的来源是莫斯科或是孙文学说或是自己的灵府，总是应得奖励的，总比混在麻木的生活里过日子的强得多。实际为革命努力的，也不问他走的是正路是小路是邪路，也是值得赞赏的，总比在势利社会里装鬼脸的强得多。思想错误不碍，只要它动活，它自然会有走入正道的机会；用力方向不对也不碍，只要精力开始往外用，它迟早有用对的一天。

我是一个不可教训的个人主义者。这并不高深，这只是说我只知道个人，只认得清个人，只信得过个人。我信德谟克拉西的意义只是普遍的个人主义；在各个人自觉的意识与自觉的努力中涵有真纯德谟克拉西的精神：我要求每一朵花实现它可能的色香，我也要求各个人实现他可能的色香。在我们这花园里，可怜！你看得见几朵开得像样的花？多的是在枝上冻瘪了的，在含苞时期被风刮掉了的。不，多的是不曾感受春信的警醒在泥封的黑暗里梦梦着的。所以我们需要的是风，是雪，是雨，是一切摧醒生命的势力，是一切滋养生命的势力，但我们不要狂风，要和风，不要暴雨，要缓雨。我们总得从有根据处起手。我知道唯一的根据处是我自己。

落叶·秋

认识你自己！我认定了这不热闹的小径上走去。

再回到列宁。他的伟大，有如耶稣的伟大，是不容否认的。他的躯壳现在直挺挺的躺在莫斯科皇城外一个肃静的地室里，每天有整千成万的活人去瞻仰他。他的精神竟可说是弥漫在宇宙间，至少在近百年内是决不会消散的。但我却不希望他的主义传布。我怕他。他生前成功的一个秘密，是他特强的意志力，他是一个 Fanatic。他不承认他的思想有错误的机会；铁不仅是他的手，他的心也是的。他是一个理想的觉魁，有思想，有手段，有决断。他是一个制警句编口号的圣手；他的话里有魔力。这就是他的危险性。他的议论往往是太权宜，他的主张不免偏窄；他许了解俄国，在事实上他的确有可惊的驾驭革命的能力，但他的决不是万应散。在政治学上根本就没有万应散这样东西。过分相信政治学的危险，不比过分相信宗教的危险小。我们不要叫云端里折过来的回光给迷糊了是真的。青年人，不要轻易讴歌俄国革命，要知道俄国革命是人类史上最惨刻苦痛的一件事实，有俄国人的英雄性才能忍耐到今天这日子的。这不是闹着玩的事情，不比趁热闹弄弄水弄弄火捣些小乱子是不在乎的。

一月二十一日

论自杀

（一）读桂林梁巨川先生遗书

前七年也是这秋叶初焦的日子，在城北积水潭边一家临湖的小阁上伏处着一个六十老人；到深夜里邻家还望得见他独自挑着荧荧的灯火，在那小楼上伏案疾书。

有一天破晓时他独自开门出去，投入净业湖的波心里淹死了。那位自杀的老先生就是桂林梁巨川先生，他的遗书新近由他的哲嗣焕鼐与漱冥两先生印成六卷共四册，分送各公共阅览机关与他们的亲友。

遗书第一卷是"遗笔汇存"，就是巨川先生成仁前分致亲友的绝笔，共有十七缄，原迹现存彭冀仲先生别墅楼中（我想一部分应归京师图书馆或将来国立古物院保存），这里有影印的十五缄；遗书第二卷是先生少时自勉的日记（"感敏山房日记"节钞一卷）；第三卷"侍疾日记"是先生侍疾他的老太太时的笔录；第四卷是辛亥年的奏疏与民国初年的公牍；第五卷"伏卵录"是先生从学的札记；末第六卷"别竹辞花记"

落叶·秋

是先生决心就义前在缨子胡同手建的本宅里回念身世的杂记
二十余则，有以"而今不可得矣"句作束的多条。

梁巨川先生的自杀在当时就震动社会的注意。就是昌
言打破偶像主义与打破礼教束缚的新青年，也表示对死者相
当的敬意，不完全驳斥他的自杀行为。陈独秀先生说他"总
算是为救济社会而牺牲自己的生命，在旧历史上真是有数人
物……言行一致的……身殉了他的主义"，陶孟和先生那篇
《论自杀》是完全一个社会学者的看法；他的态度是严格批
评的。陶先生分明是不赞成他自杀的；他说他"政治观念不
清，竟至误送性命，够怎样的危险啊"！陶先生把性命看得
很重。"自杀的结果是损失一个生命，并且使死者之亲族陷于
穷困……影响是及于社会的。"一个社会学家分明不能容许连
累社会的自杀行为。"但是梁先生深信自杀可以唤起国民的爱
国心"；"为唤醒国民的自杀"，陶先生那篇论文的结句说，"是
借着断绝生命的手段做增加生命的事，岂能有效力吗？"

"岂能有效力吗"？巨川先生去世以来整整有七年了。我
敢说我们都还记得曾经有这么一回事。他为什么要自杀？一
般人的答话，我猜想，一定说他是尽忠清室，再没有别的了。
清室！什么清室！今天故宫博物院展览，你去了没有？坤寿
宫里有溥仪太太的相片，长得真不错，还有她的亲笔英文，
你都看了没有？那老头多傻！这二十世纪还来尽忠！白白的
淹死了一条老命！

同时让我们来听听巨川自表的话：

我身值清朝之末，故云殉清；其实非以清朝为本

位，而以幼年所学为本位。……幼年所闻以对于世道有责任为主义，此主义深印于吾脑中，即以此主义为本位故不容不殉。

殉清又何言非本位？曰义者天地间不可歇绝之物，所以保全自身之人格，培补社会之元气，当引为自身当行之事，非因外势之牵迫而为也……诸君试思今日世局因何故而败坏至于此极。正由朝三暮四，反复无常，既卖旧君，复卖良友，又卖主帅，背弃平时之要约，假托爱国之美名，受金钱收买，受私人嗾使，买刺客以坏长城，因个人而破大局，转移无定，面目觍然。由此推行，势将全国人不知信义为何物，无一毫拥护公理之心，则人既不成为人。国焉能成为国……此鄙人所以自不量力。明知大势难救，而捐此区区，聊为国性一线之存也。

……辛亥之役无捐躯者为历史缺憾，数年默审于心，今更得正确理由，曰不实行共和爱民之政（口言平民主义之官僚锦衣玉食威福自雄视人民皆为奴隶民德堕落民生蹙穷南北分裂实在不成事体），辜负清廷禅让之心。遂于戊午年十月初六夜或初七晨赴积水潭南岸大柳根一带身死……

由这几节里，我们可以看出巨川先生的自杀，决不是单纯的"尽忠"；即使是尽忠，也是尽忠于世道（他自己说）。换句话说，他老先生实在再也看不过革命以来实行的，也最

落叶·秋

· 79 ·

流行的不要脸主义；他活着没法子帮忙，所以决意牺牲自己的性命，给这时代一个警告，一个抗议。"所欲有甚于生者"，是他总结他的决心的一句话。

这里面有消息，巨川先生的学力、智力，在他的遗著里可以看出，决不是寻常的；他的思想也绝对不能说叫旧礼教的迷信束缚住了的。不，甚至他的政治观念，虽则不怎样精密，怎样高深，却不能说他（像陶先生说他）是"不清"，因而"误送了命"。不，如其曾经有一个人分析他自己的情感与思路的究竟，得到不可避免自杀的结论，因而从容的死去，那个人就是梁巨川先生。他并不曾"误送了"他的命。我们可以相信即使梁先生当时暂缓他的自杀，去进大学校的法科，理清他所有的政治观念（我敢说梁先生就在老年，他的理智摄收力也决不比一个普通法科学生差）；——结果积水潭大柳根一带还是他的葬身地。这因为他全体思想的背后还闪亮着一点不可错误的什么——随你叫他"天理"、"养"、信念、理想，或是康德的道德范畴——就是孟子说的"甚于生"的那一点，在无形中制定了他最后的惨死，这无形的一点什么，决不是教科书知识所可淹没，更不是寻常教育所能启发的。前天我正在讲起一民族的国民性，我说"到了非常的时候它的伟大的不灭的部分，就在少数或是甚至一二人的人格里，要求最集中最不可错误的表现……因此在一个最无耻的时代里往往诞生出一两个最知耻的个人，例如宋末有文天祥，明末有黄梨洲一流人。在他们几位先贤，不比当代看得见的一群遗老与新少，忠君爱国一类的观念脱卸了肤浅字面的意义，却取得了一种永久的象征的意义，……他们是为他们的民族争人格，争'人之所以为人'……在他们性灵的不朽里呼吸着民族更大的性灵"。我写那一段的时候并不曾想起梁巨川先生的烈迹，却不意今天在他的言行里（我还是初次拜读他的遗著）找到了一个完全的现成的例证。因此我觉得我们不能不尊敬梁巨川自杀的那件事实，正因为我们尊敬的不是他的单纯自杀行为的本体，而是那事实所表现的一点子精神。"为唤醒国民的自杀"，陶孟和先生说，"是借着断绝生命的手段做增加生命的事"；粗看这话似乎很对，但是话里有语病，就是陶先生笼统的拿生命一个字代表截然不同的两件事：他那话里的第一个生命是指个人躯壳的生存，那是迟早有止境的，他的第二个生命是指民族或社会全体灵性的或精神的生命，那是没有寄居的躯壳同时却是永生不灭的。至于实际上有效力没有效力，那是另外一件事又当别论的。但在社会学家科学的立场看来，他竟许根本否认有精神生命这回事。他批评一切行为的标准，只是它影响社会肉眼看得见暂时的效果；我们不能不羡慕他的人生观的简单、舒服、便利，同时却不敢随声附和。当年钱牧斋也曾立定主意殉国，他雇了一只小船，满载着他的亲友，摇到河身宽阔处死去，但当他走上船头先用手探入河水的时候他忽然发见"水原来是这样冷的"的一个道理，他就赶快缩回了温暖的船舱，原船摇了回去。他的常识多充足，他的头脑多清明！还有吴梅村也曾在梁上挂好上吊的绳子，自己爬上了一张桌子正要把脖子套进绳圈去的时候，他的妻子家人跪在地下的哭声居然把他生生的救了下来。那时候吴老先生的念头，我想竟许与陶先生那篇论文里的一个见解完全吻合："自杀的结果是损失一个生命，

落叶·秋

并且使死者的亲属陷于穷困之影响是及于社会的"，还是收拾起梁上的绳子好好伴太太吃饭去吧。这来社会学者的头脑真的完全占了实际的胜利，不曾误送人命哩！固然像钱吴一流人本来就没有高尚的品格与独立的思想，他们的行为也只是陶先生所谓方式的，即使当时钱老先生没有怪嫌水冷居然淹了进去，或是吴先生硬得过妻子们的哭声，居然把他的脖子套进了绳圈去勒死了——他们的自杀也只当得自杀，只当得与殉夫殉贞节一例看，本身就没有多大精神的价值，更说不上增加民族的精神的生命。但他们这要死又缩回来不死，可真成了笑话——不论它怎样暗合现代社会学家合理的论断。

顺便我倒又想起一个近例。就比如蔡孑民先生在彭允彝时代宣言，并且实行他的不合作主义，退出了混浊的北京，到今天还淹留在外国。当初有人批评他那是消极的行为。胡适之先生就在《努力》上发表了一篇极有精彩的文章——《蔡元培是消极吗？》——说明蔡先生的态度正是在那时情况下可能的积极态度，涵有进取的，抗议的精神，正是昏朦时代的一声警钟。就实际看，蔡先生这走的确并不曾发生怎样看得见的效力；现在的政治能比彭允彝时期清明多少是问题，现在的大学能比蔡先生在时干净多少是问题。不，蔡先生的不合作行为并不曾发生什么社会的效果。但是因此我们就能断定蔡先生的出走，就比如梁巨川先生的自杀。是错误吗？不，至少我一个人不这么想。我当时也在《努力》上说了话，我说"蔡元培所以是个南边人说的'戆大'"，愚不可及的一个书呆子，卑污苟且社会里的一个最不合时宜的理想者。所以他的话是没有人能懂的；他的行为只有极少数人——如真有——敢表同情的；他的主张，他的理想，尤其是一盆飞旺的炭火，大家怕炙手，如何敢去抓呢"？"小人知进而不知退""不忍为同流合污之苟安""不合作"，"为保持人格起见"，"生平仅知是非公道，从不以人为单位"——这些话有多少人能懂，有多少人敢懂？这样的一个理想主义者非失败不可，因为理想主义者总是失败的。若然理想胜利，那就是卑污苟且的社会政治失败——那是一个过于奢侈的希望了。

我先前这样想，现在还是这样想。归根一句话，人的行为是不可以一概论的；有的，例如梁巨川先生的自杀，甚至蔡先生的不合作，是精神性的行为，它的起源与所能发生的效果，决不是我们常识所能测量，更不是什么社会的或是科学的评价标准所能批判他。在我们一班信仰（你可以说迷信）精神生命的痴人，在我们还有寸土可守的日子，决不能让实利主义的重量完全压倒人的性灵的表现，更不能容忍某时代迷信（在中世是宗教，现代是科学）的黑影完全淹没了宇宙间不变的价值。

（二）《再论梁巨川先生的自杀》附言

陶孟和先生是我们朋辈中的一位隐士：他的家远在北新桥的北面；要不是我前天无意中从尘封的书堆捡出他的旧文来与他挑衅，他的矜贵的墨沉是不易滴落到宣武门外来的。我想我们都乐意有机会得读陶先生的文章，他的思路的清晰与他文体的从容永远是读者们的一个有利益的愉快。这是再用不着我的不识趣的蛇足。我也不须答辩；陶先生大部分的

落叶·秋

见解都是我最同意的。活着努力，活着奋斗，陶先生这样说，我也这样说。我又不是干傻子，谁来提倡死了再去奋斗？——除非地下的世界与地上的世界同样的不完全。不，陶先生不要误会，我并不曾说自杀是"改良社会，挽回世道人心"的一个合理办法。我只说梁巨川先生见到了一点，使他不得不自杀；并且在他，这消极的手段的确表现了他的积极的目的；至于实际社会的效果，不但陶先生看不见，就我同情他自杀的一个也是一样的看不见。我的信仰，我也不怕陶先生与读者们笑话，我自认永远在虚无缥缈间。

志摩附言

附：陶孟和《再论梁巨川先生的自杀》

志摩：

你未免太挖苦社会学的看法了。我的那篇没有什么价值的旧作是不是社会学的或科学的看法，且不必管，但是你若说社会学家科学的人生观是"简单"、"舒服"、"便利"，我却不敢随声附和，我有点替社会科学抱不平。我现在还没有工夫替社会科学做辩护人，我且先替我自己说几句吧。

在我读你的在今日（十月十二日）《晨报副刊》的大作之先，我也正读了梁漱溟先生送给我的那部遗书。我这次读了巨川先生的年谱，辛壬类稿的跋语、伏卯录、别竹辞花记几种以后，我对于巨川先生坚强不拔的品格，谨慎廉洁的操行，忠于戚友的热诚，益加佩服。

在现在一切事物都商业化的时代里，竟有巨川先生这样的人，实在是稀有的现象。我虽然十分的敬重巨川先生，我虽然希望自己还有旁人都能像巨川先生那样的律己，对于父母、家庭、朋友、国家或主义那样的忠诚，但是我总觉得自杀不应该是他老先生所采的办法。

志摩，你将来对于自杀或者还有什么深微奥妙的见解，像我这样浅见的人，总以为自杀并不是挽救世道人心的手段。我所不赞成的是消极的自杀，不是死。假使一个人为了一个信仰，被世人杀死，那是一个奋斗的殉逝者的光荣的死，这是我所钦佩的。假使一个人因为自己的信仰，不为世人所信从，竟自己将自己的生命断送，这是一种消极的行为，是失败后的愤激的手段，虽然自杀者自己常声明说这个死是为的要唤醒同胞。假使一个医生因为设法支配微生物，反为微生物侵入身体内部而死，这是科学家牺牲的精神，这是最可景仰的行为。假使一个军官因为他的军人都不听从他的命令，他想要用他的自己的死感化他们，叫他们听从，这未免有点方法错误。我觉得巨川先生的死是这一类。

为唤醒一个人，一个与自己极有关系的人，用"尸谏"或者可以一时的有效。至于换回世道人心总不是尸谏所能奏功的。

世界上曾有一个大教主是用死完成他的大功业的，他就是耶稣。但是耶稣并不是自杀。他的在十字架上的死，是证明他的卫道的忠心，而他的徒弟们采用唯理的解释法说他是为人类赎罪孽。

落叶·秋

· 85 ·

一般的说来，物理的生命是心理的生命的一个主要条件。没有身体哪里还有理想呢？诚然的，在世界上也常有身体消灭反能使理想生存的时候。苏格拉底饮鸩而哲学的思想大昌。文天祥遇害而志气亘古今。但是所谓"杀身成仁"只限于杀身是奋斗的必不可免的结果的时候。杀身有种种的情形，有种种的方法，绝不是凡是杀身都是成仁的，更不是成仁必须杀身的。

　　但是，志摩，你千万不要以为这个见解就是爱惜生命，而不爱惜主义或理想。爱惜生命正是因为爱惜一种主义。志摩：假使你有一个理想是你认为在你的生命的价值以上无数倍的，你怎样想得到那个理想？你用自杀的方法去得到那个理想呢？你还是活着用种种的方法去得到那个理想呢？假使你——或随便一个男子恋爱了一个女子，好像丹梯的爱毗亚特里斯，或歌德小说中少年维特的爱夏罗特（我举这个例，但是不要忘记维特的苦恼不过是一本小说，并且他的恋爱又有复杂的情形），这个男子用自杀的方法赢取那女子的爱呢，还是用种种恋爱的行为与表示去赢取那女子的爱呢？这个男子在有的时候或者以为即使他自己失去了生命，果然那女子能对于他有爱意，他也情愿，他也就达到了他的理想，但是像我这样的俗人，你或者称为一个功利主义者，总觉得这不过是失望者的自己安慰自己，与恋爱的本意不同。

　　我也并不是根本的反对自杀，我承认各人有自杀的自由，但是如以改良社会，挽回世道人心或忠于一种主义、信仰，或精神的生命为志愿，便不应该自杀，因为自杀与这些种志愿是相矛盾的。凡是志愿必须活着的人努力才有达到的希望，如巨川先生一生高洁的救世的行为尚不能唤起多人的注意与摹仿，他老先生的一死会可以唤醒全世人吗？即使他老先生的自杀一时的可以警醒了许多人，那也不过是一般人一时的感情的表现，人类本能的爱惜生命的感情的表现，又于世道人心有什么关系呢？无论巨川先生的志愿是救世，或是醒世，都必须积极努力，以本人为始，联合无数人努力的做去。救世或醒世没有捷径的，只有持久不懈的努力。我钦佩巨川先生之余还不得大说他老先生的自杀实是一个遗憾。这或者是因为我曾进过大学法科的缘故！

孟和十月十二日

落叶·秋

海滩上种花

　　朋友是一种奢华：且不说酒肉势利，那是说不上朋友，真朋友是相知，但相知谈何容易，你要打开人家的心，你先得打开你自己的，你要在你的心里容纳人家的心，你先得把你的心推放到人家的心里去；这真心或真性情的相互的流转，是朋友的秘密，是朋友的快乐。但这是说你内心的力量够得到，性灵的活动有富余，可以随时开放，随时往外流，像山里的泉水，流向容得住你的同情的沟槽；有时你得冒险，你得花本钱，你得抵挤在巉岈的乱石间，触刺的草缝里耐心的寻路，那时候艰难，苦痛，消耗，在在是可能的，在你这水一般灵动，水一般柔顺的寻求同情的心能找到平安欣快以前。

　　我所以说朋友是奢华，"相知"是宝贝，但得拿真性情的血本去换，去拼。因此我不敢轻易说话，因为我自己知道我的来源有限，十分的谨慎尚且不时有破产的恐惧；我不能随便"花"。前天有几位小朋友来邀我跟你们讲话，他们的恳切折服了我，使我不得不从命，但是小朋友们，说也惭愧，我拿什么来给你们呢？

我最先想来对你们说些孩子话，因为你们都还是孩子。但是那孩子的我到哪里去了？仿佛昨天我还是个孩子，今天不知怎的就变了样。什么是孩子要不为一点活泼的天真，但天真就比是泥土里的嫩芽，天冷泥土硬就压住了它的生机——这年头向谁去要和暖的春风？

孩子是没了。你记得的只是一个不清切的影子，模糊得很，我这时候想起就像是一个瞎子追念他自己的容貌，一样的记不周全；他即使想急了拿一双手到脸上去印下一个模子来，那模子也是个死的。真的没了。一个在公园里见一个小朋友不提多么活动，一忽儿上山，一忽儿爬树，一忽儿溜冰，一忽儿干草里打滚，要不然就跳着憨笑；我看着羡慕，也想学样，跟他一起玩，但是不能，我是一个大人，身上穿着长袍，心里存着体面，怕招人笑，天生的灵活换来矜持的存心——孩子，孩子是没有的了，有的只是一个年岁与教育蛀空了的躯壳，死僵僵的，不自然的。

我又想找回我们天性里的野人来对你们说话。因为野人也是接近自然的；我前几年过印度时得到极刻心的感想，那里的街道房屋以及土人的体肤容貌，生活的习惯，虽则简，虽则陋，虽则不夸张，却处处与大自然——上面碧蓝的天，火热的阳光，地下焦黄的泥土，高矗的椰树——相调谐，情调，色彩，结构，看来有一种意义的一致，就比是一件完善的艺术的作品。也不知怎的，那天看了他们的街，街上的牛车，赶车的老头露着他的赤光的头颅与此紫姜色的圆肚，他

落叶·秋

们的庙，庙里的圣像与神座前的花。我心里只是不自在，就仿佛这情景是一个熟悉的声音的叫唤，叫你去跟着他，你的灵魂也何尝不活跳跳的想答应一声"好，我来了，"但是不能，又有碍路的挡着你，不许你回复这叫唤声启示给你的自由。困着你的是你的教育；我那时的难受就比是一条蛇摆脱不了困住他的一个硬性的外壳——野人也给压住了，永远出不来。

所以今天站在你们上面的我不再是融会自然的野人，也不是天机活灵的孩子：我只是一个"文明人"，我能说的只是"文明话"。但什么是文明只是堕落？文明人的心里只是种种虚荣的念头，他到处忙不算，到处都得计较成败。我怎么能对着你们不感觉惭愧？不了解自然不仅是我的心，我的话也是的。并且我即使有话说也没法表现，即使有思想也不能使你们了解；内里那点子性灵就比是在一座石壁里牢牢的砌住，一丝光亮都不透，就凭这双眼望见你们，但有什么法子可以传达我的意思给你们，我已经忘却了原来的语言，还有什么话可说的？

但我的小朋友们还是逼着我来说谎（没有话说而勉强说话便是谎）。知识，我不能给；要知识你们得请教教育家去，我这里是没有的。智慧，更没有了：智慧是地狱里的花果，能进地狱更能出地狱的才采得着智慧，不去地狱的便没有智慧——我是没有的。

我正发窘的时候，来了一个救星——就是我手里这一小幅画，等我来讲道理给你们听。这张画是我的拜年片，一个朋友替我制的。你们看这个小孩子在海边沙滩上独自的玩，赤脚穿着草鞋，右手提着一枝花，使劲把它往沙里栽，左手提着一把浇花的水壶，壶里水点一滴滴的往下掉着。离着小孩不远看得见海里翻动着的波澜。

你们看出了这画的意思没有？

在海沙里种花。在海沙里种花！那小孩这一番种花的热心怕是白费的了。砂碛是养不活鲜花的，这几点淡水是不能帮忙的；也许等不到小孩转身，这一朵小花已经支不住阳光的逼迫，就得交卸他有限的生命，枯萎了去。况且那海水的浪头也快打过来了，海浪冲来时不说这朵小小的花，就是大根的树也怕站不住——所以这花落在海边上是绝望的了，小孩这番力量准是白花的了。

你们一定很能明白这个意思。我的朋友是很聪明的，他拿这画意来比我们一群呆子，乐意在白天里做梦的呆子，满心想在海沙里种花的傻子。画里的小孩拿着有限的几滴淡水想维持花的生命，我们一群梦人也想在现在比沙漠还要干枯比沙漠更没有生命的社会里，凭着最有限的力量，想下几颗文艺与思想的种子，这不是一样的绝望，一样的傻？想在海沙里种花，想在海沙里种花，多可笑呀！但我的聪明的朋友说，这幅小小画里的意思还不止此；讽刺不是她的目的。她要我们更深一层看。在我们看来海沙里种花是傻气，但在那小孩自己却不觉得。他的思想是单纯的，他的信仰也是单纯的。他知道的是什么？他知道花是可爱的，可爱的东西应得帮助他发长；他平常看见花草都是从地土里长出来的，他看来海沙也只是地，为什么海沙里不能长花他没有想到，也不必想到，他就知道拿花来栽，拿水去

落叶·秋

浇，只要那花在地上站直了他就欢喜，他就乐，他就会跳他的跳，唱他的唱，来赞美这美丽的生命，以后怎么样，海砂的性质，花的运命，他全管不着！我们知道小孩们怎样的崇拜自然。他的身体虽则小，他的灵魂却是大着，他的衣服也许脏，他的心可是洁净的。这里还有一幅画，这是自然的崇拜，你们看这孩子在月光下跪着拜一朵低头的百合花，这时候他的心与月光一般的清洁与花一般的美丽，与夜一般的安静。我们可以知道到海边上来种花那孩子的思想与这月下拜花的孩子的思想会得跪下的——单纯、清洁，我们可以想象那一个孩子把花栽好了也是一样来对着花膜拜祈祷——他能把花暂时栽了起来便是他的成功，此外以后怎么样不是他的事情了。

你们看这个象征不仅美，并且有力量；因为它告诉我们单纯的信心是创作的泉源——这单纯的烂漫的天真是最永久最有力量的东西，阳光烧不焦他，狂风吹不倒他，海水冲不了他，黑暗掩不了他——地面上的花朵有被摧残有消灭的时候，但小孩爱花种花这一点："真"却有的是永久的生命。

我们来放远一点看。我们现有的文化只是人类在历史上努力与牺牲的成绩。为什么人们肯努力肯牺牲？因为他们有天生的信心；他们的灵魂认识什么是真什么是善什么是美，虽则他们的肉体与智识有时候会诱惑他们反着方向走路；但只要他们认明一件事情是有永久价值的时候，他们就自然的会得兴奋，不期然的自己牺牲，要在这忽忽变动的声色的世界里，赎出几个永久不变的原则的凭证来。耶稣为什么不怕上十字架？密尔顿何以瞎了眼还要做诗，贝德花芬何以聋了还要制音乐，密仡郎其罗为什么肯积受几个月的潮湿不顾自己的皮肉与靴子连成一片的用心思，为的只是要解决一个小小的美术问题？为什么永远有人到冰洋尽头雪山顶上去探险？为什么科学家肯在显微镜下或是数目字中间研究一般人眼看不到心想不通的道理消磨他一生的光阴？

为的是这些人道的英雄都有他们不可摇动的信心；像我们在海砂里种花的孩子一样，他们的思想是单纯的——宗教家为善的原则牺牲，科学家为真的原则牺牲，艺术家为美的原则牺牲——这一切牺牲的结果便是我们现有的有限的文化。

你们想想在这地面上做事难道还不是一样的傻气——这地面还不与海砂一样不容你生根，在这里的事业还不是与鲜花一样的娇嫩？——潮水过来可以冲掉，狂风吹来可以折坏，阳光晒来可以熏焦我们小孩子手里拿着往砂里栽的鲜花，同样的，我们文化的全体还不一样有随时可以冲掉、折坏、熏焦的可能吗？巴比伦的文明现在哪里？嘭湃城曾经在地下埋过千百年，克利脱的文明直到最近五六十年间才完全发见。并且有时一件事实体的存在并不能证明他生命的继续。这区区地球的本体就有一千万个毁灭的可能。人们怕死不错，我们怕死人，但最可怕的不是死的死人，是活的死人，单有躯壳生命没有灵性生活是莫大的悲惨；文化也有这种情形，死的文化到也罢了，最可怜的是勉强喘着气的半死的文化。你们如其问我要例子，我就不迟疑的回答你说，朋友们，贵国的文化便是一个喘着气的活死人！时候已经很久的了，自从我们最后的几个祖宗为了不变的原

落叶·秋

· 93 ·

则牺牲他们的呼吸与血液，为了不死的生命牺牲他们有限的存在，为了单纯的信心遭受当时人的讪笑与侮辱。时候已经很久的了，自从我们最后听见普遍的声音像潮水似的充满着地面。时候已经很久的了，自从我们最后看见强烈的光明像彗星似的扫掠过地面，时候已经很久的了，自从我们最后为某种主义流过火热的鲜血，时候已经很久的了，自从我们的骨髓里有胆量，我们的说话里有分量。这是一个极伤心的反省！我真不知道这时代犯了什么不可赦的大罪，上帝竟狠心的赏给我们这样恶毒的刑罚？你看看去这年头到哪里去找一个完全的男子或是一个完全的女子——你们去看去，这年头哪一个男子不是阳痿，哪一个女子不是鼓胀！要形容我们现在受罪的时期，我们得发明一个比丑更丑比脏更脏比下流更下流比苟且更苟且比懦怯更懦怯的一类生字去！朋友们，真的我心里常常害怕，害怕下回东风带来的不是我们盼望中的春天，不是鲜花青草蝴蝶飞鸟，我怕他带来一个比冬天更枯槁更凄惨更寂寞的死天——因为丑陋的脸子不配穿漂亮的衣服，我们这样丑陋的变态的人心与社会凭什么权利可以问青天要阳光，问地面要青草，问飞鸟要音乐，问花朵要颜色？你问我明天天会不会放亮？我回答说我不知道，竟许不！

归根是我们失去了我们灵性努力的重心，那就是一个单纯的信仰，一点烂漫的童真！不要说到海滩去种花——我们都是聪明人谁愿意做傻瓜去——就是在你自己院子里种花你都懒怕动手哪！最可怕的怀疑的鬼与厌世的黑影已经占住了我们的灵魂！

所以朋友们，你们都是青年，都是春雷声响不曾停止时破绽出来的鲜花，你们再不可堕落了——虽则陷阱的大口满张在你的跟前，你不要怕。你把你的烂漫的天真倒下去，填平了它，再往前走——你们要保持那一点的信心，这里面连着来的就是精力与勇敢与灵感——你们要不怕做小傻瓜，尽量在这人道的海滩边种你的鲜花去——花也许会消灭，但这种花的精神是不烂的！

落叶·秋

秋

秋

　　两年前，在北京，有一次，也是这么一个秋风生动的日子，我把一个人的感想比作落叶，从生命那树上掉下来的叶子。落叶，不错，是衰败和凋零的象征，它的情调几乎是悲哀的。但是那些在半空里飘摇，在街道上颠倒的小树叶儿，也未尝没有它们的妩媚，它们的颜色，它们的意味，在少数有心人看来，它们在这宇宙间并不是完全没有地位的。"多谢你们的摧残，使我们得到解放，得到自由。"它们仿佛对无情的秋风说："劳驾你们了，把我们踹成粉，踩成泥，使我们得到解脱，实现消灭，"它们又仿佛对不经心的人们这么说。因为看着，在春风回来的那一天，这叫卑微的生命的种子又会从冰封的泥土里翻成一个新鲜的世界。它们的力量，虽则是看不见，可是不容疑惑的。

　　我那时感着的沉闷，真是一种不可形容的沉闷。它仿佛是一座大山，我整个的生命叫它压在底下。我那时的思想简直是毒的，我有一首诗，题目就叫《毒药》，开头的两行是——

落
叶
·
秋

今天不是，我唱歌的日子，我口边涎着狞恶的冷笑，不是我说笑的日子，我胸怀间插着发冷光的刀剑；

相信我，我的思想是恶毒的，因为这世界是恶毒的，我的灵魂是黑暗的，因为太阳已经灭绝了光彩，我的声调，像是坟堆里的夜枭，因为人间已经杀尽了一切的和谐，我的口音，像是冤鬼责问他的仇人，因为一切的恩已经让路给一切的怨。

我借这一首不成形的咒诅的诗，发泄了成一腔的闷气，但我却并不绝望，并不悲观，在极深刻的沉闷的底里，我那时还摸着了希望。所以我在《婴儿》——那首不成形诗的最后一节——那诗的后段，在描写一个产妇在她生产的受罪中，还能含有希望的句子。

在我那时带有预言性的想象中，我想望着一个伟大的革命。因此我在那篇《落叶》的末尾，我还有勇气来对待人生的挑战，郑重地宣告一个态度，高声的喊一声——"Everlasting Yea"。

"Everlasting Yea"，"Everlasting Yea"一年，一年，又过去了两年。这两年间我那时的想望实现了没有？那伟大的"婴儿"有出世了没有？我们的受罪取得了认识与价值没有？

我不知道，我不知道。我知道的还只是那一大堆丑陋的蛮肿的沉闷，压得瘪人的沉闷，笼盖着我的思想，我的生命。它在我经络里，在我的血液里。我不能抵抗，我再没有力量。

我们靠着维持我们生命的不仅是面包。不仅是饭，我们靠着活命的，是一个诗人的话，是情爱、敬仰心、希望。"We

Love by love, admiration and hope"这话又包涵一个条件，就是说这世界这人类能承受我们的爱，值得我们的敬仰，容许我们的希望的。但现代是什么光景？人性的表现，我们看得见听得到的，到底是怎么回事？我想我们都不是外人，用不着掩饰，实在也无从掩饰，这里没有什么人性的表现，除了丑恶、下流、黑暗。太丑恶了，我们火热的胸膛里有爱不能爱，太下流了，我们有敬仰心不能敬仰，太黑暗了，我们要希望也无从希望。太阳给天狗吃了去，我们只能在无边的黑暗中沉默着，永远的沉默着！这仿佛是经过一次强烈的地震的。悲惨，思想、感情、人格，全给震成了无可收拾的断片，也不成系统，再也不得连贯，再也没有发现。但你们在这个时候要我来讲话，这使我感着一种异样的难受。难受，因为我自身的悲惨。难受，尤其因为我感到你们的邀请不止是一个寻常讲话的邀请，你们来邀我，当然不是要什么现成的主义，那我是外行，也不为什么专门的学识，那我是草包，你们明知我是一个诗人，他的家当，除了几座空中的楼阁，至多只是一颗热烈的心。你们邀我来也许在你们中间也有同我一样感到这时代的悲哀，一种不可解脱不能摆脱的况味，所以要我这同是这悲哀沉闷中的同志来，希冀万一，可以给你们打几个幽默的比喻，说一点笑话，给一点子安慰，有这么小小的一半个时辰，彼此可以在同情的温暖中忘却了时间的冷酷。因此我踌躇，我来怕没有什么交代，不来又于心不安。我也曾想选几个离着实际的人生较远些的事儿来和你们谈谈，但是相信我，朋友们，这念头是枉然的，因为不论你思想的起点是星光是月

落叶·秋

是蝴蝶，只一转身，又逢着了人生的基本问题，冷森森的竖着像是几座拦路的墓碑。

不，我们躲不了它们：关于这时代人生的问号，小的、大的、歪的、正的，像蝴蝶的绕满了我们的周遭。正如在两年前它们逼迫我宣告一个坚决的态度，今天它们还是逼迫着要我来表示一个坚决的态度。也好，我想，这是我再来清理一次我的思想的机会，在我们完全没有能力解决人生问题时，我们只能承认失败。但我们当前的问题究竟是些什么？如其它们有力量压倒我们，我们至少也得抬起头来认一认我们敌人的面目。再说譬如医病，我们先得看清是什么病而后用药，才可以有希望治病。说我们是有病，那是无可置疑的。但病在哪一部，最重要的征候是什么，我们却不一定答得上。至少，各人有各人的答案，决不会一致的。就说这时代的烦闷：烦闷也不能凭空来的不是？它也得有种种造成它的原因，它到底是怎么回事、我们也得查个明白。换句话说，我们先得确定我们的问题，然后再试第二步的解决。也许在分析我们病症的研究中，某种对症的医法，就会不期然的显现。我们来试试看。

说到这里，我们可以想象一班乐观派的先生们冷眼的看着我们好笑。他们笑我们无事忙，谈什么人生，谈什么根本问题。人生根本就没有问题，这都那玄学鬼钻进了懒惰人的脑筋里在那里不相干的捣玄虚来了！做人就是做人，重在这做字上。你天性喜欢工业，你去找工程事情做去就得。你爱谈整理国故，你寻你的国故整理去就得。工作，更多的工作，是唯一的福音。把你的脑力精神一齐放在你愿意做的工作上，你就不会轻易发挥感伤主义，你就不会无病呻吟，你只要尽力去工作，什么问题都没有了。

这话初听倒是又生辣又干脆的，本来末，有什么问题，做你的工好了，何必自寻烦恼！但是你仔细一想的时候，这明白晓畅的福音还是有漏洞的。固然这时代很多的呻吟只是懒鬼的装病，或是虚幻的想象，但我们因此就能说这时代本来是健全的，所谓病痛所谓烦恼无非是心理作用了吗？固然当初德国有一个大诗人，他的伟大的天才使他在什么心智的活动中都找到趣味，他在科学实验室里工作得厌倦了，他就跑出来带住一个女性就发迷，西洋人说的"跌进了恋爱"；回头他又厌倦了或是失恋了，只一感到烦恼，或悲哀的压迫，他又赶快飞进了他的实验室，关上了门，也关上了他自己的感情的门，又潜心他的科学研究去了。在他，所谓工作确是一种救济，一种关栏，一种调剂，但我们怎能比得？我们一班青年感情和理智还不能分清的时候，如何能有这样伟大的克制的工夫？所以我们还得来研究我们自身的病痛，想法可能的补救。

并且这工作论是实际上不可能的。因为假如社会的组织，果然能容得我们各人从各人的心愿选定各人的工作并且有机会继续从事这部分的工作，那还不是一个黄金时代？"民乐其业，安其生。"还有什么问题可谈的？现代是这样一个时候吗？商人能安心做他的生意，学生能安心读他的书，文学家能安心做他的文学吗？正因为这时代从思想起，什么事情都颠倒了，混乱了，所以才会发生这普通的烦闷病，所以才有问题，否则认真吃饱了饭没有事做，大家甘心自寻烦恼

落叶·秋

不成？

我们来看看我们的病症。

第一个显明的症候是混乱。一个人群社会的存在与进行是有条件的。这条件是种种体力与智力的活动的和谐的合作，在这诸种活动中的总线索，总指挥，是无形迹可寻的思想，我们简直可以说哲理的思想，它顺着时代或领着时代规定人类努力的方面，并且在可能时给它一种解释，一种价值的估定与意义的发见。思想是一个使命，是引导人类从非意识的以至无意识的活动进化到有意识的活动，这点子意识性的认识与觉悟，是人类文化史上最光荣的一种胜利，也是最透彻的一种快乐。果然是这部分哲理的思想，统辖得住这人群社会全体的活动，这社会就上了正轨；反面说，这部分思想要是失去了它那总指挥的地位，那就坏了，种种体力和智力的活动，就随时随地有发生冲突的可能，这重心的抽去是种种不平衡现象主要的原因。现在的中国就吃亏在没有了这个重心，结果什么都豁了边，都不合式了。我们这老大国家，说也可惨，在这百年来，根本就没有思想可说。从安逸到宽松，从怠惰到着忙，从着忙到瞎闯，从瞎闯到混乱，这几个形容词我想可以概括近百年来中国的思想史，——简单说，它完全放弃了总指挥的地位，没有了统系，没有了目标，没有了和谐，结果是现代的中国：一团混乱。

混乱，混乱，哪儿都是的。因为思想的无能，所以引起种种混乱的现象，这是一步。再从这种种的混乱，更影响到思想本体，使它也传染了这混乱。好比一个人因为身体软弱才受外感，得了种种的病，这病的蔓延又回过来销蚀病人有限的精力，使他变成更软弱了，这是第二步。经济，政治，社会，哪儿不是蹊跷，哪儿不是混乱？这影响到个人方面是理智与感情的不平衡，感情不受理智的节制就是意气，意气永远是浮的，浅的，无结果的；因为意气占了上风，结果是错误的活动。为了不曾辨认清楚的目标，我们的文人变成了政客，研究科学的，做了非科学的官，学生抛弃了学问的寻求，工人做了野心家的牺牲。这种种混乱现象影响到我们青年是造成烦闷心理的原因的一个。

这一个征候——混乱——又过渡到第二个征候——变态。什么是人群社会的常态？人群是感情的结合。虽则尽有好奇的思想家告诉我们人是互杀互害的，或是人的团结是基本于怕惧的本能，虽则就在有秩序上轨道的社会里，我们也看得见恶性的表现，我们还是相信社会的纪纲是靠着积极的感情来维系的。这是说在一常态社会天平上，爱情的分量一定超过仇恨的分量，互助的精神一定超过互害互杀的现象。但在一个社会没有了负有指导使命的思想的中心的情形之下，种种离奇的变态的现象，都是可能的产生了。

一个社会不能供给正常的职业时，它即使有严厉的法令，也不能禁止盗匪的横行。一个社会不能保障安全，奖励恒业恒心，结果原来正当的商人，都变成了拿妻子生命财产来做买空卖空的投机家。我们只要翻开我们的日报：就可以知道这现代的社会是常态是变态。拢统一点说，他们现在只有两个阶级可分，一个是执行恐怖的主体，强盗、军队、土匪、绑匪、政客、野心的政治家，所有得势的投机家都是的，他们实行的，不论明的暗的，直接间接都是一

落叶·秋

种恐怖主义。还有一个是被恐怖的。前一阶级永远拿着杀
人的利器或是类似的东西在威吓着，压迫着，要求满足他
们的私欲，后一阶级永远在地上爬着，发着抖，喊救命，
这不是变态吗？这变态的现象表现在思想上就是种种荒谬
的主义离奇的主张。拢统说，我们现在听得见的主义主张，
除了平庸不足道的，大就是计算领着我们向死路上走的。
这不是变态吗？

这种种的变态现象影响到我们青年，又是造成烦闷心理
的原因的一个。

这混乱与变态的观众又协同造成了第三种的现象——一
切标准的颠倒。人类的生活的条件，不仅仅是衣食住；"人之
异于禽兽者几希"，我们一讲到人道，就不能脱离相当的道德
观念。这比是无形的空气，他的清鲜是我们健康生活的必要
条件。我们不能没有理想，没有信念，我们真生命的寄托决
不在单纯的衣食间。我们崇拜英雄——广义的英雄——因为
在他们事业上表现的品性里，我们可以感到精神的满足与灵
感，鼓舞我们更高尚的天性，勇敢的发挥人道的伟大。你崇
拜你的爱人，因为她代表的是女性的美德。你崇拜当代的政
治家，因为他们代表的是无私心的努力。你崇拜思想家，因
为他们代表的是寻求真理的勇敢。这崇拜的涵义就是标准。
时代的风尚尽管变迁，但道义的标准是永远不动摇的。这些
道义的准则，我们向时代要求的是随时给我们这些道义准则
的具体的表现。仿佛是在渺茫的人生道上给悬着几颗照路的
明星。但现在给我们的是什么？我们何尝没有热烈的崇拜
心？我们何尝不在这一件那一件事上，或是这一个人物那一

个人物的身上安放过我们迫切的期望。但是，但是，还用我说吗！有哪一件事不使我们重大的迷惑，失望，悲伤？说到人的方面，哪有比普遍的人格的破产更可悲悼的？在不知哪一种魔鬼主义的秋风里，我们眼见我们心目中的偶像败叶似的一个个全掉了下来！眼见一个个道义的标准，都叫丑恶的人格给沾上了不可清洗的污秽！标准是没有了的。这种种道德方面人格方面颠倒的现象，影响到我们青年，又是造成烦闷心理的原因的一个。

跟着这种种症候还有一个惊心的现象，是一般创作活动的消沉，这也是当然的结果。因为文艺创作活动的条件是和平有秩序的社会状态，常态的生活，以及理想主义的根据。我们现在却只有混乱、变态，以及精神生活的破产。这仿佛是拿毒药放进了人生的泉源，从这里流出来的思想，哪还有什么真善美的表现？

这时代病的症候是说不尽的，这是最复杂的一种病，但单就我们上面说到的几点看来，我们似乎已经可以采得一点消息，至少我个人是这么想。——那一点消息就是生命的枯窘，或是活力的衰耗。我们所以得病是为我们生活的组织上缺少了思想的重心，它的使命是领导与指挥。但这又为什么呢？我的解释，是我们这民族已经到了一个活力枯窘的时期。生命之流的本身，已经是近于干涸了：再加之我们现得的病，又是直接克伐生命本体的致命症候，我们怎能受得住？这话可又讲远了，但又不能不从本原上讲起。我们第一要记得我们这民族是老得不堪的一个民族。我们知道什么东西都有它天限的寿命；一种树只能青多少

落叶·秋

年，过了这期限就得衰，一种花也只能开几度花，过此就为死（虽则从另一种看法，它们都是永生的，因为它们本身虽得死，它们的种子还是有机会继续发长）。我们这棵树在人类的树林里，已经算得是寿命极长的了。我们的血统比较又是纯粹的，就连我们的近邻西藏满蒙的民族都等于不和我们混合。还有一个特点是我们历来因为四民制的结果，士之子恒为士，商之子恒为商，思想这任务完全为士民阶级的专利，又因为经济制度的关系，活力最充足的农民简直没有机会读书，因为士民阶级形成了一种孤单的地位。我们要知道知识是一种堕落，尤其从活力的观点看，这士民阶级是特别堕落的一个阶级，再加之我们旧教育观念的偏窄，单就知识论，我们思想本能活动的范围简直是荒谬的狭小。我们只有几本书，一套无生命的陈腐的文学，是我们唯一的工具。这情形就比是本来是一个海湾，和大海是相通的，但后来因为沙地的胀起，这一湾水渐渐隔离它所从来的海，而更成了湖。这湖原先也许还承受得着几股山水的来源，但后来又经过陵谷的变迁，这部分的来源也断绝了，结果这湖又干成一只小潭，乃至一小潭的止水，长满了青苔与萍梗，纯迟迟的眼看得见就可以完全干涸了去的一个东西。这是我们受教育的士民阶级的相仿情形。现在所谓知识亦无非是这潭死水里的比较泥草松动些风来还多少吹得绉的一洼臭水，别瞧它矜矜自喜，可怜它能有多少前程？还能有多少生命？

　　所以我们这病，虽则症候不止一种，虽然看来复杂，归根只是中医所谓气血两亏的一种本原病。我们现在所感觉的烦闷，也只见沉浸在这一洼离死不远的臭水里的气闷，还有什么可说的？水因为不流所以滋生了草，这水草的胀性，又帮助浸干这有限的水。同样的，我们的活力因为断绝了来源，所以发生了种种本原性的病症，这些病又回过来侵蚀本源，帮助消尽这点仅存的活力。

病性既是如此，那不是完全绝望了吗？

那也不是这么容易。一棵大树的凋零，一个民族的衰竭，也不是一朝一夕的事儿。我们当然还是要命。只是怎么要法，是我们的问题。我说过我们的病根是在失去了思想的重心，那又是原因于活力的单薄。在事实上，我们这读书阶级形成了一种极孤单的状况，一来因为阶级关系它和民族里活力最充足的农民阶级完全隔绝了，二来因为畸形教育以及社会的风尚的结果，它在生活方面是极端的城市化、腐化、奢侈化、惰化，完全脱离了大自然健全的影响变成自蚀的一种蛀虫，在智力活动方面，只偏向于纤巧的浅薄的诡辩的乃至于程式化的一道，再没有创造的力量的表示，渐次的完全失去了它自身的尊严以及统辖领导全社会活动的无上的权威。这一没有了统帅，种种紊乱的现象就都跟着来了。

这畸形的发展是值得寻味的。一方面你有你的读书阶级，中了过度文明的毒，一天一天往腐化僵化的方向走，但你却不能否认它智力的发达，只因为道义标准的颠倒以及理想主义的缺乏，它的活动也全不是在正理上。就说这一堂的翩翩年少——尤其是文化最发旺的江浙的青年，十个里有九个是弱不禁风的。但问题还不全在体力的单薄，尤其是智力活动本身是有了病，它只有毒性的载刺，没有健全的来源，没有

落叶·秋

天然的资养。纤巧的新奇的思想不是我们需要的，我们要的是从丰满的生命与强健的活力里流露出来纯正的健全的思想，那才是有力量的思想。

同时我们再看看占我们民族十分之八九的农民阶级。他们生活的简单，脑筋的简单，感情的简单，意识的疏浅，文化的定住，几于使他们形成一种仅仅有生物作用的人类。他们的肌肉是发达的，他们是能工作的，但因为教育的不普及，他们智力的活动简直的没有机会，结果按照生物学的公例，因无用而退化，他们的脑筋简直不行的了。乡下的孩子当然比城市的孩子不灵，粗人的子弟当然比不上书香人的子弟，这是一定的。但我们现在为救这文化的性命，非得赶快就有健全的活力来补充我们受足了过度文明的毒的读书阶级不可。也有人说这读书阶级是不可救药的了，希望如其有，是在我们民族里还未经开化的农民阶级。我的意思是我们应得利用这部分未开凿的精力来补充我们开凿过分的士民阶级。讲到实施，第一得先打破这无形的阶级界限以及省分界限。通婚和婚是必要的，比较的说，广东、湖南乃至北方人比江浙人健全得多，乡下人比城里人健全得多，所以江浙人和北方人非得尽量的通婚，城市人非得与农人尽量的通婚不可。但是这话说着容易，实际上是极困难的。讲到结婚，谁愿意放弃自身的艳福，为的是渺茫的民族的前途上，哪一个翩翩的少年甘心放着窈窕风流的江南女郎不要，而去乡村找粗蠢的大姑娘作配，谁肯不就近结识血统逼近的姨妹表妹乃至于同学妹，而肯远去异乡到口音不相通的外省人中间去寻配偶？这是难的，我知道。但希望并不见完全没有——这希望完全是在教育上。第一我们得赶快认清这时代病无非是一种本原病，什么混乱的变态的现象，都无非是显示生命的缺乏，这种种病，又都就是直接克伐生命的，所以我们为要文化与思想的健全，不能不想方法开通路子，使这几洼孤立的呆定的死水重复得到天然泉水的接济，重复灵活起来，一切的障碍与淤塞自然会得消灭——思想非得直接从生命的本体里热烈的进裂出来才有力量，才是力量。这过度文明的人种非得带它回到生命的本源上去不可，它非得重新生过根不可。按着这个目标，我们在教育上就不能不极力推广教育的机会到健全的农民阶级里去，同时奖励阶级间的通婚。假如国家的力量可以干涉到个人婚姻的话，我们仅可以用强迫的方法叫你们这些翩翩的少年都去娶乡下大姑娘，而同时把我们窈窕风流的女郎去嫁给农民做媳妇。况且谁都知道，我们现在择偶的标准本身就是不健全的。女人要嫁给金钱、奢侈、虚荣、女性的男子；男人的口味也是同样的不妥当。什么都是不健全的，喔，这毒气充塞的文明社会！在我们理想实现的那一天，我们这文化如其有救的话，将来的青年男女一定可以兼有士民与农民的特长，体力与智力得到均平的发展，从这类健全的生命树上，我们可以盼望吃得着美丽鲜甜的思想的果子！

至于我们个人方面，我也有一部分的意见，只是今天时光局促了怕没有机会发挥，但总结一句话，我们要认清我们是什么病，这病毒是在我们一个个你我的身体上，血液里，无容讳言的，只要我们不认错了病多少总有办法。我的意见是要多多接近自然，因为自然是健全的纯正的影响，这里面

落叶·秋

有无穷尽性灵的资养与启发与灵感。这完全靠我们各个自觉的修养。我们先得要立志不做时代和时光的奴隶，我们要做我们思想和生命的主人，这暂时的沉闷决不能压倒我们的理想，我们正应得感谢这深刻的沉闷，因为在这里，我们才感悟着一些自度的消息，如我方才说的，我们还是得努力，我们还是得坚持，我们的态度是积极的。正如我两年前《落叶》的结束是喊一声 Everlasting Yea，我今天还是要你们跟着我来喊一声 Everlasting Yea